Trois couples en quête d'orages

Lionel Duroy

Trois couples en quête d'orages

ÉDITIONS FRANCE LOISIRS

À Éric

Une édition du Club France Loisirs, Paris,
réalisée avec l'autorisation des Éditions Julliard.

Éditions France Loisirs,
123, boulevard de Grenelle, Paris
www.franceloisirs.com

ISBN 2-7441-4023-6.

1

Quand Olivier reprit connaissance, Claire était à son chevet et lui caressait le front.

– Mon chéri ! souffla-t-elle. Est-ce que tu m'entends ?

Il acquiesça en tâchant de sourire. Puis il devina qu'elle pleurait et voulut lui prendre la main, mais son corps ne lui obéissait plus.

Elle posa sa joue contre la sienne, soulagée enfin, et lui murmura dans l'oreille :

– Tu nous as fait peur, tellement peur... Oh, je t'aime !

– Moi aussi, souffla-t-il.

Puis, le nez enfoui sous les cheveux au parfum familier de sa femme, il se rendormit.

Claire s'assit, c'était la première fois depuis la veille au soir, depuis le coup de fil de la police. Toute la nuit elle avait arpenté le couloir pisseux des Urgences. Quand le chirurgien était apparu pour l'informer que le coup de couteau n'avait abîmé aucun organe et qu'Olivier était désormais entre les mains des réanimateurs, elle était allée s'enfermer dans les toilettes pour sangloter.

Lorsqu'elle avait pu le rejoindre dans sa chambre,

abrutie d'émotion, de fatigue, elle était restée à le considérer dans son sommeil, le cœur débordant d'amour et de gratitude. Ils avaient approché de tout près le malheur absolu et venaient de lui échapper. Elle était dans cet état d'euphorie des enfants qui, se croyant perdus en forêt, tombent par miracle sur des adultes à l'instant précis où la nuit allait les engloutir.

Julien la tira de sa rêverie. Elle l'avait envoyé se coucher peu avant minuit et, à ses paupières gonflées, elle vit qu'il avait dormi. Elle lui sourit.

– Ça va, maman ?

– Oui, tout va bien, il se repose.

Il observa son père, jeta un œil distrait sur les appareils auxquels il était relié et proposa à Claire d'aller boire un café. Il la dépassait en taille depuis quelques mois et, aussitôt qu'il était seul avec elle, avançait en se déhanchant, les genoux plus écartés qu'à l'ordinaire. « Claire, est-ce que tu as remarqué que Julien se met à marcher comme un blouson dès qu'il croise une fille ? » lui avait dit Olivier. Oui, elle avait remarqué.

Julien s'étonna négligemment que Rémi n'ait pas encore rappliqué, alors Claire parut brusquement émerger d'un coma.

– Rémi ! Merde ! J'ai complètement oublié de le prévenir.

Ils sortaient de l'ascenseur ; elle eut l'air affolé.

– Je peux le faire si tu veux.

– Non, non, trouve-moi une cabine, vite !

Il était huit heures vingt. Rémi ne serait plus chez lui. Elle laissa un message au lycée où il enseignait : Olivier avait été opéré dans la nuit suite à un accident, il allait parfaitement bien et attendait sa visite. Après cela elle but un café avec Julien tout en se demandant pourquoi elle n'avait pas songé un instant, durant ces heures interminables, à appeler Rémi au secours. Elle se le figura déboulant aux Urgences, prenant les choses en main du haut de son mètre quatre-vingt-dix, l'emmenant dîner en ville sous prétexte de lui changer les idées pendant que les chirurgiens tentaient d'enrayer l'hémorragie... Elle comprit qu'elle avait voulu vivre seule, pour une fois, un moment dramatique de leur histoire commune, et entrevit tout ce que son attitude recelait de revanche, de colère presque, contre l'incontournable ami de son mari.

Trois jours plus tard, une jeune femme au visage étonnamment diaphane se présenta devant la chambre d'Olivier au moment où Rémi s'apprêtait à en sortir. Ils restèrent un instant face à face avant que lui ne s'écarte pour la laisser entrer.

– Docteur Mangin ? demanda-t-elle.

– Oui.

– Stéphanie Le Dantec, journaliste à France-Info. Est-ce que vous m'autoriseriez à vous interroger ?

– Je te laisse, dit Rémi.

Sur le seuil, il fixa de nouveau la visiteuse, puis haussa les épaules et disparut.

Elle révéla au médecin que la police avait arrêté son agresseur et qu'on le soupçonnait d'être le meurtrier d'un pédiatre de Seine-et-Marne également découvert poignardé dans son cabinet une dizaine de jours plus tôt.

Tout en parlant, elle tentait de régler son magnétophone et s'énervait de ne pas y arriver. Olivier ne parvenait pas à mémoriser ce qu'elle lui disait, il aurait voulu qu'elle se calme et pouvoir la contempler tranquillement. Quelque chose chez elle le troublait profondément mais il n'aurait pas su dire quoi exactement.

– Vous ne voulez pas vous asseoir qu'on parle un peu, avant ?

Elle lui jeta un regard surpris et il vit qu'elle avait l'iris d'un bleu très pâle tirant sur le gris.

– Non, je n'ai vraiment pas le temps. Mais ça y est, là... Je vais vous lancer par une question et puis vous me raconterez ce qui s'est passé depuis le moment où vous avez vu ce type dans votre salle d'attente jusqu'au coup de couteau. On y va ?

Il s'efforça d'être concis et clair, et durant les deux ou trois minutes de son récit elle garda ses yeux dans les siens, acquiesçant, l'encourageant, établissant entre eux une complicité muette qu'Olivier interpréta comme une marque sincère d'affection. Quand ce fut fini, cependant, elle rangea hâtivement son micro, lui souhaita un prompt rétablissement tout en s'assurant qu'elle n'oubliait rien sur le lit, et s'éclipsa.

Il fut heureux de voir entrer Claire. Elle venait déjeuner avec lui avant de filer à la bibliothèque. La vie peu à peu reprenait un cours normal. Elle avait passé la matinée au téléphone, les patients d'Olivier appelaient de plus en plus nombreux pour prendre de ses nouvelles. Beaucoup écrivaient aussi, il ouvrirait les lettres à son retour.

– Toi qui te plaignais de n'être pas aimé...

Il attira Claire à lui, et pendant qu'ils s'embrassaient lui toucha les seins. Entre deux baisers il souffla qu'il lui ferait bien l'amour si seulement la porte fermait à clé. Elle rit et prit prétexte justement de ce qu'elle ne fermait pas pour se détacher de lui.

Quelques jours plus tard, Stéphanie Le Dantec se rendit compte qu'elle n'avait pas rappelé le docteur bien qu'il eût tenté de la joindre à plusieurs reprises. C'était embêtant car elle allait avoir besoin de lui. La reconstitution du coup de couteau était prévue le soir même et la journaliste aurait aimé enregistrer avant un bref commentaire. Bon, il n'y avait pas de temps à perdre, elle prétendrait qu'on ne lui avait pas fait la commission et *basta* ! C'est une femme qui lui répondit.

– Je vous passe mon mari.

Il lui sembla que le médecin était essoufflé. Elle lui expliqua qu'elle n'avait pas le droit d'assister à la reconstitution, que l'idéal serait qu'elle le rencontre le plus vite possible à son cabinet pour « photographier » les lieux.

– Venez, dit-il sourdement.

Elle avertit sa rédaction qu'elle balancerait un son d'ici une heure ou deux et fila sur Senlis.

La villa du docteur Mangin dont on apercevait un pignon depuis la départementale entre deux bosquets de jeunes hêtres, peu avant d'entrer dans Senlis, avait longtemps appartenu au garde forestier. Puis l'administration l'avait mise en vente et Claire avait eu le coup de foudre pour ce pavillon de brique austère au perron moussu. Stéphanie se perdit et quand elle s'engagea sur le chemin de terre, elle vit qu'un homme, adossé au muret d'une propriété, la regardait approcher. Elle ne reconnut pas le médecin et s'assura auprès de lui qu'elle était sur la bonne voie.

– Vous le faites exprès ? lui lança-t-il sèchement.

– Oh ! s'exclama-t-elle, pardonnez-moi. Vous êtes très différent... Je vous voyais plus petit...

En réalité, elle n'avait rien retenu du visage d'Olivier. Comme elle descendait de voiture, il fut lui aussi surpris de la découvrir si longue, sa taille ne l'avait pas frappé la dernière fois.

– Voulez-vous manger ou boire quelque chose avant de visiter mon cabinet ?

– Non, en fait je suis assez pressée...

– Alors allons-y tout de suite.

Elle reprit le volant et il s'assit à côté. Son cabinet médical était au rez-de-chaussée d'un immeuble moderne en centre-ville. Il le lui expliqua, et tout en parlant se sentit peu à peu submergé par une incompréhensible émotion.

– Tenez, dit-il en passant devant la bibliothèque municipale, c'est ici que travaille ma femme.

– Ah bon ! fit-elle, sans feindre d'y porter le moindre intérêt.

Il l'observa de profil, comprit en un éclair vertigineux qu'il était amoureux de cette femme et qu'il allait mourir si elle ne voulait pas de lui. Il rejeta vivement la tête en arrière en fermant les yeux.

– Ça ne va pas ?

– ...

– Sur le chemin, tout à l'heure, je roulais trop vite, j'ai remarqué que vous vous teniez le ventre. Pourquoi ne dites-vous pas quand vous souffrez ? C'est idiot.

– ...

– Remarquez, je déteste les hommes qui geignent...

– C'est ici, garez-vous là.

Quand il pénétra dans son bureau, il nota qu'elle s'était installée à sa place, dans son fauteuil, derrière sa table. Il en fut ému comme on peut l'être des premiers va-et-vient d'une femme dans son univers intime, une femme qui la veille encore ne nous était rien. Puis il réalisa qu'elle était en train de lire son courrier et en demeura un instant stupéfait. Il avait classé ses lettres en deux tas, celles auxquelles il devait impérativement répondre, et les autres qu'il conserverait néanmoins.

– Mais !.. fit-il.

– Vous savez, l'interrompit-elle sans cesser de lire, j'ai bien envie de faire mon papier là-dessus...

– Vous êtes cinglée ou quoi ! Qui vous a autorisée à... à...

Sa blessure l'élança violemment, il se recroquevilla et se laissa tomber dans un des fauteuils habituellement réservés aux patients. Alors il se sentit mieux et parvint à s'adosser en allongeant les jambes. Il haletait.

– Vous êtes tout blanc. Voulez-vous un verre d'eau ? Un bonbon ?

Elle le dévisageait, le voyait pour la première fois. Un gros nez, une tignasse brune de vieux gamin sur un front bas, et des yeux plutôt rieurs mais qui pour l'instant n'exprimaient que le vide.

– Rien, merci. Écoutez-moi. Je ne suis pas en état de vous parler, là, mais j'ai des choses à vous dire, des choses importantes. Fixez-moi un rendez-vous. Quand vous voudrez, je ne reprends pas le cabinet avant un mois...

– Vite alors, parce que après votre affaire n'intéressera plus personne. Voulez-vous demain ?

– Non, demain ça m'est tout à fait impossible.

– Alors après-demain. Vous viendriez à Paris ?

– S'il le faut.

– À dix-neuf heures au Sélect, boulevard du Montparnasse.

– D'accord. Maintenant laissez-moi, et laissez ces lettres, le juge et les flics vont arriver avec ce type, cet assassin.

Le lendemain, Claire avait organisé un dîner pour son mari. Il lui avait fallu attendre le retour de Pascale, une amie d'enfance d'Olivier, partie filmer des colonies de fourmis au Japon pour le compte de la Cité des sciences et de l'industrie de la Villette. Il y aurait donc, comme cela arrivait si souvent, Pascale et son Jean-Xavier qui rasait Claire mais ne déplaisait pas à Olivier, ainsi que Rémi naturellement et sa femme Estelle.

Olivier se réveilla ce matin-là dans les bras de Claire. Elle l'avait enlacé et le caressait. Il entrouvrit les paupières, lui sourit machinalement sans la voir, et se rencogna à demi sous elle.

– Tu crois qu'on peut ? murmura-t-elle après un moment.

– On peut toujours essayer.

Elle l'enjamba, commença d'onduler lentement au-dessus de lui en l'effleurant, mais Olivier n'y était pas. Il prétendit que sa cicatrice le tirait et Claire aussitôt se coula sur son flanc. Elle était essoufflée et, comme pour se faire pardonner, lui prit la main et y déposa des baisers mouillés.

– Je suis désolé, dit-il.

– Non, c'est ma faute. Tu entends les oiseaux ?

On était au tout début du mois de mars. En d'autres temps, Olivier aurait manifesté un vif regain d'intérêt pour la vie. Mais cette fois, il se contenta d'acquiescer. Il était loin de Claire, des oiseaux, déjà il cherchait des yeux Stéphanie en terrasse, le cœur battu. Non, pensa-t-il, c'est elle qui va me chercher, car moi évidemment je serai en avance... Ils entendirent les pas de Julien, puis la chasse d'eau. Une clarté timide, atone, baignait à présent leur chambre.

Plus tard il fut étonné de ne pas éprouver d'attirance pour les jeunes bourgeons du jardin. Il avait attendu le départ de Julien, puis celui de Claire, pour enfiler un manteau par-dessus son pyjama et s'installer sur une marche du perron avec son café. La brume matinale s'irisait de rayons pâles, une journée printanière s'annonçait donc. Il s'en fit la réflexion mais ne s'y arrêta pas. Tous les arbres, c'est lui qui les avait plantés, et le même hiver ils avaient fait Julien. On va faire un enfant, Claire. Il en avait ressenti le désir une fois installé dans la maison. L'envie de féconder sa femme, plus que d'avoir un enfant, en réalité. C'était un dimanche après-midi ; agenouillé, il creusait la terre pour y ficher le tilleul. Celui sous lequel ils s'allongeaient pour lire, l'été. On va faire un enfant. Il n'avait pas compris l'émotion de Claire. Tu veux vraiment ? avait-elle articulé d'une voix minuscule. L'instant d'après elle pleurait. Un agacement confus le saisit en se remémorant simultanément les larmes de sa femme et le mépris constant que lui témoignait aujourd'hui Julien. L'autre soir, à l'issue d'une de ces discussions stériles sur son avenir, cet imbécile lui avait balancé qu'il savait au moins ce qu'il ne voulait pas. Ah bon ? Eh bien vas-y, je t'écoute ! Une vie de con comme la vôtre. Une grande partie de la nuit, allongé à côté de Claire qui dormait, elle, Olivier avait plaidé silencieusement le lourd dossier de sa vie d'homme, de médecin, tenté parfois de se relever pour aller jeter au visage ensommeillé de son fils tel ou tel argument susceptible à lui tout seul d'anéantir l'accusation. C'était avant le coup de couteau. Depuis, il avait évolué, et ce matin en particulier il n'était pas loin de penser comme Julien.

Rentrant une heure plus tard chargée d'un panier de courses pour le dîner, Claire fut surprise de le trouver là. Est-ce qu'il n'allait pas attraper froid ? Voulait-il un autre café ? Tiens, d'ailleurs, elle en boirait volontiers une tasse avec lui...

Elle rangea les courses, rinça la cafetière et la remit en route. Tout cela très vite, sans chercher à comprendre d'où provenait cette soudaine sensation d'étouffement. Quelque chose d'imperceptible venait de faucher son entrain, son bel entrain. Mais quoi ? Elle attendait que le café passe. Il était normal qu'Olivier ne soit pas occupé à jardiner avec sa blessure, ça n'était pas ça, non. Qu'il ne fasse rien ne la dérangeait pas. C'était le regard qu'il lui avait lancé quand elle s'était inquiétée de lui, oui, voilà. Ce regard brusquement l'avait ramenée au paysage désolé de leurs premières rencontres. Elle, tout de suite certaine de l'aimer, tout de suite, et par conséquent immédiatement plongée dans une angoisse indicible : l'aimait-il un peu tout de même ? L'aimerait-il un jour ? Elle l'avait surpris en train de sangloter dans un box des Urgences, un vestiaire. Elle animait alors trois fois par semaine des ateliers de lecture pour enfants dans l'hôpital où lui finissait ses études. Son premier réflexe avait été de refermer la porte, puis elle s'était ravisée. Qu'il se cache pour pleurer avait touché en elle une corde sensible enfouie, mystérieusement liée au souvenir ébloui qu'elle avait conservé du premier homme de sa vie, son père, officier parachutiste disparu en Algérie l'année de ses quatre ans. Elle avait convaincu Olivier de sortir faire quelques pas et, le lendemain, lui avait apporté le dernier Kundera. Quand elle avait appris qu'il pleurait une femme dont les restes reposaient depuis trois ou quatre mois au cimetière d'Issy-les-Moulineaux, elle s'était autorisée à croire en sa bonne étoile. Elle l'emporterait, c'était évident. Les vivants, croyait-elle, avaient immanquablement le dernier mot sur les morts. Le chemin avait été plus long, et bien plus douloureux que prévu.

Elle revint vers lui silencieuse, de sorte qu'après avoir bu son second café Olivier s'en étonna :

– Ça ne va pas, Claire ?

– Si.

– Tu avais l'air malheureux. À quoi tu pensais ?

– Je ne sais pas...

Il lui prit la main.

– C'est pas à cause de ce matin, j'espère.

– Non, je n'ai pas d'inquiétude là-dessus, dit-elle en souriant de biais et, se libérant, elle lui planta ses ongles dans le gras de la cuisse.

– C’est quoi alors ?

– Rien, c’est passé. Je t’aime.

– En fait, dit-il après un moment, si cet abruti de Julien ne nous gâchait pas l’existence on serait plutôt heureux, non ?

– Il ne nous gâche pas l’existence, tu ne devrais pas dire ça.

– Il me pompe l’air, Claire.

– Tu te laisses atteindre beaucoup trop facilement. Il te sent fragile et du coup il en rajoute. Je suis certaine qu’il ne croit pas un mot de ce qu’il te raconte.

– Bien sûr que si il le croit !

– Arrête Olivier ! Dis-lui ce que tu penses, ce que tu viens de me dire, là, que cette vie de con, comme il le prétend, te rend heureux, et tu verras qu’il ne trouvera rien à répliquer.

Elle se leva pour rejoindre la cuisine et lui s’éloigna à pas lents vers le fond du jardin. Elle avait retrouvé son ardeur, c’était oublié. Olivier, de son côté, prenait enfin conscience de la légèreté de l’air, ce matin. Il songea que Claire avait ce talent particulier de donner du sens à la vie, inlassablement.

Dès qu’elle aperçut Olivier, Pascale éclata de rire, puis mêlant exclamations et petits gloussements, elle le dévora de baisers, là, dans le vestibule illuminé, sous les regards de Claire et de Jean-Xavier – elle ne l’avait pas revu depuis le coup de couteau.

Bien qu’ils soient pratiquement du même âge, Pascale avait pour Olivier des gestes affectueux de sœur aînée. Jean-Xavier observait cela depuis toujours avec tendresse. Claire vint rapidement l’embrasser et l'entraîna au salon. Elle lui servait un apéritif quand, dans un même vacarme, la porte d'entrée fut violemment frappée puis ouverte.

– Eh bien, il faut pas vous gêner tous les deux !...

C'était la voix de Rémi.

Claire accourut. Olivier, déboutonné, exhibait son pansement.

– Et toi, tu les laisses se peloter !

Ne sachant que rétorquer, elle choisit d'en rire. Pascale fit volte-face pour embrasser Rémi, pendant qu'Olivier se reculottait, vaguement penaud. Il venait de croiser furtivement le regard indifférent d'Estelle. On ne savait jamais ce que pensait Estelle, Olivier n'était pas à l'aise avec elle, il avait le sentiment qu'elle le jugeait, et ne le trouvait pas très fin. Cette scène idiote n'allait rien arranger.

Ils affluèrent tous dans la pièce de séjour, qui sembla d'un coup étriquée. Pascale vint s'affaler près de son mari, lui enserrant le genou d'une main caressante. Rémi arracha la bouteille de porto des doigts de Claire – « Toi, surveille plutôt ton chéri, j'ai l'impression que... », il simula un léger battement d'aile pour signifier qu'Olivier perdait la boule – et entreprit de servir à boire en interpellant vivement les gens, mais sans leur demander leur avis. Ainsi Jean-Xavier reçut-il un deuxième verre qu'il posa sur le guéridon avec une discrète mimique d'impuissance. Accoudée au marbre de la cheminée, Estelle considérait la scène et paraissait déjà s'ennuyer.

Quand chacun fut servi, il y eut un silence, l'énergie brouillonne de Rémi ayant découragé tout début de conversation.

– Pascale, un commentaire à chaud sur notre rescapé ? lança-t-il. Pour une fois qu'il se passe quelque chose de fort, de vrai, hein... Parce qu'il faut bien avouer, reprit-il une fois assis en tailleur sur le tapis, qu'on se faisait un peu chier ces derniers temps...

– Parle pour toi ! lui renvoya Pascale. Non mais, celui-ci...

– C'est vrai que toi, bon... les fourmis.

– Quoi, les fourmis ? J'ai filmé la seule espèce au monde qui n'a pas de reine, figure-toi, une fourmi égalitaire, marxiste en quelque sorte. Le type qui l'a découverte...

– Vous avez couché ensemble j'espère.

– Naturellement !

– Ah, ah, ah ! ricana Rémi, le jour où Pascale trompera son Jean-Xavier...

– Parce que toi tu trompes Estelle ?

– Tous les jours.

– Au fait, demanda Olivier, ça y est Les Lilas, vous y habitez ?

– La semaine prochaine, dit Estelle.

Tous les regards se portèrent sur elle. Gênée, elle scrutait obstinément Olivier de sous sa frange drue. Il se sentit contraint de la relancer, résigné à passer pour un plouc.

– Tu vas être mieux pour bosser, là-bas.

– C'est Rémi qui le dit.

Du menton, elle le désigna.

– Parce que toi, intervint Claire, tu aurais préféré rester rue de Charonne ?

– J'aimais bien mon atelier.

– Estelle ! Les voisins t'envoient leurs poubelles sur la tête et toi...

– Sans blague ! l'interrompit Olivier. C'est vrai ? Ils te balancent des saloperies ?

– Des épluchures de patates ! Des tomates pourries !... s'exclama encore Rémi.

Comme Estelle se taisait, personne soudain ne sut plus que dire.

– Au fond, moi, je comprends Estelle, intervint alors Jean-Xavier, deux tons plus bas. Quand on réfléchit seul dans son coin on se fiche un peu du confort, je crois, en revanche on s'attache à des détails apparemment insignifiants mais qu'on imagine indispensables à son travail.

Claire était en train de penser que c'était bien du Jean-Xavier ce genre de déclaration vaseuse, quand Rémi, revenu de sa stupeur, s'écria :

– Non mais écoutez-le, lui ! Il pantoufle au Quai d'Orsay toute l'année et il vient nous expliquer ce que c'est que la vie d'artiste !

Il s'était levé tout en parlant et avait ébouriffé au passage les cheveux soigneusement peignés de Jean-Xavier. Pascale, dressée sur une fesse, les lui remit en ordre et Claire proposa qu'on passe à table.

– Sérieusement, reprit Rémi un moment plus tard, vous ne trouvez pas qu'on s'emmerde ?

Claire et Pascale songèrent, sans se concerter, qu'il ne se remettait pas, décidément, de n'avoir pas eu d'enfant. Elles se dispensèrent donc de répliquer quoi que ce soit.

– Moi je ne m'emmerde pas, dit avec chaleur

Jean-Xavier. Ça viendra sans doute un jour, mais pour le moment...

– Tu devrais peut-être arrêter l'enseignement, suggéra Pascale à Rémi. Je me demande si c'est un métier qu'on peut faire plus de dix ou quinze ans sans devenir dingue.

– Merci Pascale, rétorqua Rémi, pour moi ça va faire quinze ans tout juste, ton commentaire me va droit au cœur ! Mais tu sais quand même qu'un adolescent est nettement plus chiant avec ses parents qu'avec ses profs...

– Oh, écoute, nous on n'a pas à se plaindre...

Le fils aîné de Pascale et de Jean-Xavier avait quelques mois de plus que Julien. La conversation roula donc sur les mérites de l'un comparés aux provocations de l'autre. On se resservit en gratin de poireaux.

– C'est exactement ce que j'ai dit à Olivier ! s'écria Claire.

– Mais naturellement, renchérit Pascale, ils ont besoin de nous sentir sûrs de nous, sinon comment veux-tu...

– Ça c'est bien un truc de bourges à la con, rétorqua vertement Olivier. Il faudrait être sûr de soi pour bien élever ses enfants ! Moi, dans le fond, j'ai toujours pensé le contraire, qu'un enfant grandit mieux, en tout cas plus intelligemment, entre des parents qui doutent, qui continuent de s'interroger, plutôt qu'entre des...

Rémi observait Olivier. Il ouvrit la bouche dans l'intention de le chambrer mais se ravisa. Claire eut le même réflexe, brusquement troublée par l'émotion de son mari que sa fausse colère dissimulait mal. Elle eut l'intuition qu'il se servait de Julien pour parler de lui en réalité, d'une sorte de dépit, ou même de désespoir qui le gagnait, et pour la seconde fois de la journée elle en éprouva une sensation de panique, comme si le monde menaçait de se dérober sous ses pieds. Elle se leva, sous prétexte d'aller couper du pain, et caressa furtivement la nuque d'Olivier. Si elle avait été assise à côté de lui, elle aurait pris un moment sa main dans la sienne.

Quand elle revint, Jean-Xavier était en train d'expliquer qu'il avait longtemps partagé l'opinion d'Olivier mais que Pascale avait eu très tôt le souci de présenter à leurs deux enfants une façade parentale achevée, lisse, inoxydable, et qu'à la réflexion elle n'avait pas eu tort.

– Quelle femme ! l'interrompit triomphalement Rémi. Quelle mère notre Pascale !

– N'est-ce pas !

Au lieu d'être vexée, elle partit d'un rire en cascade, rejetant la tête en arrière, et Olivier fut agacé de constater qu'elle ne perdait rien de son incroyable beauté. Elle lui avait toujours évoqué Liv Ullmann, dans les films de Bergman, en plus décidée. Vingt ans plus tôt il avait été amoureux d'elle, de sa peau de blonde lumineuse, de la sensualité tranquille de son regard – « moi aussi je t'aime, lui avait-elle dit en le pressant contre elle, mais pas comme un amant, Olivier ».

On passa au fromage et Rémi ressentit le besoin urgent de calmer le jeu. Par sa faute, on n'avait fait que persifler toute la soirée, pas un mot bienveillant n'avait été échangé. Mais aussi, les années filaient et il ne se passait plus rien de fort entre eux. Plus rien de fort. Quand Rémi songeait au temps de l'appartement du quartier Saint-Lazare où, étudiants, ils habitaient ensemble, Olivier, Pascale et lui, à l'intensité des événements qu'ils y avaient vécus, tous les trois, sa propre impuissance à réveiller ses amis l'exaspérait. Pourquoi, à un certain moment, leurs vies s'étaient-elles écartées de la route tumultueuse, ardente, pleine d'émotions nouvelles et de rêves qui les emportait ? Pourquoi ? Quelle faute avaient-ils commise pour mériter cet oubli, ce silence ?

– Olivier, reprit-il la voix grave, tu ne nous as même pas raconté la reconstitution. Ça t'a fait quel effet de revoir ton...

– Mon assassin, tu veux dire ? Il était menotté, c'était assez pénible... En fait, je n'ai pas très envie d'en parler...

Les visages autour de la table lui apparurent brusquement flous, lointains, il comprit qu'il pleurait.

Alors il se produisit ce qu'espérait Rémi un instant plus tôt : devant la déconfiture d'un des leurs, chacun sut manifester discrètement qu'il était encore là, bien vivant, solide, comme à la grande époque.

– Pour l'occasion, dit Rémi, on va s'en griller une ensemble.

Olivier prit la cigarette que lui tendait son ami, il n'avait plus fumé depuis la naissance de Julien.

2

Orienté au levant, l'appartement de Stéphanie profitait des premiers rayons. Elle fut réveillée tôt ce matin-là et songea qu'il lui faudrait poser des stores, d'autant plus rapidement que les jours allongeaient. Ça ne faisait pas un mois qu'elle avait emménagé et tout ici était neuf, les murs, le lit, les draps. Être entourée de neuf la confortait dans ce sentiment d'être partie avec une bonne longueur d'avance sur ceux de sa génération. Quand les autres se perdaient en émotions vaines, en minauderies, elle tranchait, au plus près de ses intérêts. Le lent naufrage de sa mère qu'elle avait observée enfant, puis adolescente, écrivant d'interminables lettres à son père sous prétexte de lui donner des nouvelles de sa fille, mais en réalité dans le fol espoir de le reconquérir, l'avait détournée à jamais, pensait-elle, du romantisme, des mièvreries multiples dont s'inspirent chez nous les codes amoureux. Elle essaya d'imaginer ce que serait un réveil ici, avec Hervé, son amant, et eut aussitôt la vision de ses mouchoirs sales. Elle ne l'inviterait qu'une fois guéri. Et encore, juste pour la soirée. Puis elle changerait les draps.

Elle enfouit ses ongles longs sous sa toison

pubienne, griffant distraitement la peau tendre tout en tâchant de se figurer des stores bon marché néanmoins capables de braver le soleil. Puis elle se rappela que c'était aujourd'hui son scooter, enfin ! et elle bondit sous la douche. Elle l'avait choisi sur catalogue, bleu métallisé ; le vendeur lui avait assuré qu'il n'aurait aucun problème à se faire livrer le casque assorti. Onze heures et demie avenue de la Grande-Armée, Hervé y serait. Ils devaient déjeuner ensemble, après. Elle l'emmènerait à Suresnes, sur les bords de Seine, juste pour le plaisir de traverser le bois. Mais tiens, à propos de casque, il n'en avait pas lui !.. Elle écourta sa douche, enfila un peignoir et composa son numéro.

– Hervé ? Est-ce que tu as un casque chez toi ?

– Stéphanie !...

– Quoi Stéphanie ?

– Tu te rends compte que tu me réveilles... Tu l'as essayé l'autre jour mon casque, tu voulais même l'emporter...

– Mais pas un truc pour la musique, un casque de moto !

– Ah !...

– Tu m'accompagnes chercher mon scooter, ce matin. Tu n'as pas oublié ?

– Je l'ai noté quelque part.

– Bon, alors viens avec un casque s'il te plaît.

Hervé terminait un doctorat d'anthropologie. Il travaillait sur la mémoire des immigrés d'une certaine partie de la Kabylie. Stéphanie l'avait connu au Centre de formation des journalistes où il était intervenu comme conférencier. À l'époque, elle habitait chez sa mère. Leur relation s'était engagée sans déclaration préalable et s'était poursuivie dans le silence. Hervé lui avait fait faire une clé de son appartement pour qu'elle se sente libre de ses mouvements. Il semblait plutôt satisfait de la découvrir chez lui certains soirs, mais il pouvait laisser passer plusieurs jours sans l'appeler si elle ne venait pas. Quand elle avait été embauchée à France-Info, il avait cru opportun d'ouvrir une bouteille de champagne sans pour autant lui demander ce qu'elle allait y faire. Il n'écoutait pas la radio, il préférait lire les journaux en tortillant une mèche de ses cheveux châtains.

Elle sourit en le voyant sortir du métro. Il était à peine plus âgé qu'elle mais sa myopie, sa maigreur aussi, lui donnait un air de vieux jeune homme un peu dépassé. Encombré par son casque et son cartable, le cou ceint d'une longue écharpe de laine qui entravait ses mouvements, il mit un certain temps à dénicher ses lunettes, puis apercevant enfin l'enseigne du concessionnaire descendit l'avenue d'un pas serein.

À deux ou trois reprises, durant leur déjeuner en terrasse, elle se leva pour vérifier sur son scooter telle ou telle explication du manuel de l'utilisateur. Lui se taisait. Il avait eu froid dans le bois, à califourchon derrière elle, et il guettait maintenant les signes d'une rechute. Il lui paraissait notamment qu'une gêne venait de se manifester au niveau de la déglutition, or c'était exactement là que tout avait commencé deux semaines plus tôt. Il transpira violemment et crut à un subit accès de fièvre.

– Il fait très chaud tout d'un coup, ou c'est moi...

– Il fait juste bon, rétorqua Stéphanie, levant à peine le nez de son manuel.

– Alors j'ai bien peur de repiquer.

– Au fait, reprit-elle après un silence, ne m'attends pas ce soir, j'ai rendez-vous avec le petit docteur de Senlis.

– Bon, moi je vais rentrer en taxi.

Elle déboula au Sélect coiffée de son casque, de sorte qu'Olivier ne la reconnut qu'au tout dernier moment, quand elle fut debout au-dessus de sa tasse de thé.

– Je vous ai fait attendre, dit-elle en tentant de dégrafer sa jugulaire, la bandoulière de son magnétophone lui sciant le cou.

Il nota que le bleu du casque soutenait parfaitement le gris de ses yeux, puis constatant qu'elle n'arrivait à rien, se leva.

– Attendez, laissez-moi voir...

Elle ébouriffa ses cheveux, jeta un regard circulaire aux tables voisines et se moucha.

– Je n'ai qu'une demi-heure, ça ira ?

Il attendit qu'elle soit assise et qu'elle en ait terminé avec la mise au point de sa bande magnétique et du reste.

– En fait, dit-il en la fixant, je ne sais pas par où commencer ?

Il était ému mais résolu.

– Ce qui vous concerne n'intéresse plus personne, dit-elle, vous n'êtes pas mort, donc tout va bien. Le seul dont on soit encore curieux, c'est le tueur. Qu'est-ce que vous savez sur lui ?

À ce moment elle s'étonna de la fixité de son regard.

Il n'avait pas l'air d'entendre ce qu'elle cherchait à lui expliquer.

– Je ne sais pas par où commencer, répéta-t-il.

– Ça n'a pas d'importance, on mettra de l'ordre au montage.

– C'est difficile, je ne pense qu'à ça depuis des jours, mais vous... vous débarquez, je ne sais même pas d'où vous arrivez, de quel autre monde...

– Qu'est-ce que ça peut faire d'où j'arrive ?

– Écoutez, Stéphanie, attendez, coupez votre magnétophone, là, excusez-moi, je suis... Écoutez, je voudrais que vous soyez ma femme.

– Vous voudriez...

– ... que vous soyez ma femme. Je ne sais pas comment vous le dire autrement.

– Mais vous êtes cinglé ! Complètement cinglé !

Elle était debout.

– Rasseyez-vous, s'il vous plaît.

Maintenant c'est elle qui ne l'écoutait plus. Elle allait partir.

– Rasseyez-vous, merde ! hurla-t-il. Je joue toute ma vie sur ce coup, toute ma vie, en cinq minutes, et vous...

– Sur ce coup ? Vous avez dit...

Il l'attrapa par le poignet et elle retomba assise, un peu sonnée.

– Toute ma vie, répéta-t-il encore. Vous vous rendez compte ?

– Mais je m'en fous, moi, de votre vie !

– C'est impossible ! C'est impossible que je vous aime comme je vous aime et que vous vous en fichiez !

Deux jeunes femmes pouffèrent à la table contiguë.

Ailleurs, on feignait de les ignorer. Ils restèrent à s'observer quelques instants en silence. « Que je vous aime comme je vous aime », ces mots-là, dits par un homme qui lui était complètement étranger, la troublaient parce qu'ils portaient à son paroxysme l'absurdité de la situation. Ils respiraient vite l'un et l'autre. Elle vit que ses lèvres tremblaient et en conclut qu'il était moins solide qu'il n'y paraissait.

– Vous êtes vieux, dit-elle sourdement.

– Qu'est-ce que ça peut foutre ?

– Et vous êtes déjà marié.

– Je n'aime pas Claire, je l'ai compris quand je vous ai vue. Vous n'imaginez pas quelle violence ç'a été, Claire tenait toute la place dans ma vie avant vous.

– C'est ridicule, je m'en vais.

– Non, restez ! Il faut que vous appreniez à m'aimer, Stéphanie, il le faut absolument. Je crois qu'on doit être l'un et l'autre volontaristes si on ne veut pas se perdre.

– Mais je veux bien vous perdre, moi.

– Vous dites n'importe quoi ! Je ne vous trouve pas à la hauteur des sentiments que j'exprime. Depuis le début, je ne vous trouve pas à la hauteur du tout. Vous réagissez comme une petite conne, et pourtant je pense que vous n'en êtes pas une. Vous ne savez pas ce que c'est de perdre quelqu'un qu'on aime. Vous ne savez pas, Stéphanie. Ça m'est arrivé une fois, je préférerais mourir.

– Que de me perdre ? articula-t-elle.

– Oui.

Elle parut hésiter.

– Alors comment va-t-on faire ? dit-elle en plissant imperceptiblement les paupières.

– J'y ai réfléchi la nuit dernière. Je vais prendre une place auprès de vous, vous allez m'y aider, et bientôt ma présence vous sera indispensable.

– Le problème, docteur, c'est que la place est déjà prise.

Pour la première fois de la soirée une lueur amusée lui traversa le regard.

– Vraiment ?

– Hervé.

– Hervé, répéta-t-il. Et vous l'aimez ?

– Vous n'avez que ce mot-là à la bouche ! Vous aimiez votre femme et vous ne l'aimez plus. C'est moi que vous aimez. Aimer, aimer, aimer. Moi, ce soir, j'aime mon scooter, et d'ailleurs j'ai bien envie d'aller le retrouver, là. Je peux vous laisser ?

– Oui, laissez-moi.

Olivier appela Claire sur le trottoir. Il lui dit qu'il allait dormir à l'hôtel, ou peut-être chez Rémi, qu'il avait envie d'être seul. Puis il s'élança en direction de la place d'Italie. Imaginer de rentrer auprès de Claire l'avait profondément abattu, soudain, mais il n'était pas déprimé, oh ! non. Jamais, depuis le suicide d'Hélène, sa première compagne, il ne s'était senti brûler d'une telle ardeur, comme si la vie brusquement s'était remise à l'intéresser, à le passionner. Stéphanie ! Mon bijou ! Mon trésor ! Il l'aimait, c'était à se damner. Et il avait suffi qu'elle surgisse pour que son existence, là-bas, à Senlis, lui apparaisse grise, étriquée. Un lundi d'automne qui n'en finirait plus.

Combien d'années avait-il perdues ? Mais non, il n'y avait rien à regretter, et quoi qu'elle en dise il n'était pas si vieux. Sa blessure lui déchira le ventre, il marchait beaucoup trop vite depuis cinq minutes. Il s'affala sur un banc, allongea les jambes, rejeta la tête en arrière et sentit remonter de loin un rire léger d'enfant.

Certainement pas chez Rémi, pensa-t-il. Certainement pas. Claire a dû l'appeler aussitôt : ça ne va pas fort, Olivier, je suis très inquiète. Depuis ce coup de couteau il a changé. Essaie de savoir ce qu'il se passe, et patati et patata. Chez Pascale, voilà ! Ça, c'était la bonne idée. Il pouvait même y aller à pied, elle habitait derrière les jardins de l'Observatoire. La vie de Pascale était lumineuse, naturellement lumineuse, rien à voir avec l'agitation forcenée qu'entretenait Rémi autour d'Estelle. On entrait chez Pascale et tout de suite on était emporté par ce tourbillon d'affection, de sensualité joyeuse. Plus d'une fois, débarquant avec Claire, il en avait été gêné, comme si le rayonnement de Pascale renvoyait son couple à ses limites.

– Olivier ! Eh bien qu'est-ce qui t'arrive ? s'exclama-t-elle. Entre !

Il nota qu'elle avait le regard las. Elle lui parut plus petite aussi, ah ! mais c'est qu'elle était en chaussettes, et perdue dans un pull d'homme. Un des gros pulls d'hiver de Jean-Xavier.

– Je n'ai pas regardé l'heure, il n'est pas trop tard au moins ?

– Penses-tu, c'est moi. Je crois que j'étais en train de m'endormir devant la télé...

Olivier l'enlaça.

– Tu as dîné ? demanda-t-elle en se dégageant.

– Non, vous oui ?

– Nous, oui. Mais viens, il reste des trucs à la cuisine.

Elle coupa la télévision au passage. À côté du fauteuil qu'elle avait occupé, une flaque lumineuse aux contours incertains tombait d'une lampe de chevet. Le reste du salon reposait dans la pénombre.

– Jean-Xavier n'est pas là ?

– Si, dans son bureau.

Il l'observa tandis qu'elle mettait à réchauffer un dîner de fortune. Elle avait retrouvé sa vivacité. Alors il imagina Stéphanie à sa place, Stéphanie dans un de ses pulls, et une vague brûlante lui traversa le cœur.

– Pascale, je suis amoureux.

– De Claire, j'espère ! lança-t-elle en se retournant.

– Tu crois que je débarquerais chez toi à cette heure-ci pour te dire...

Elle se mit à le considérer silencieusement, les bras le long du corps. Lui s'était interrompu. Dans son esprit, elle aurait déjà dû crier victoire, lui sauter au cou. C'est cela qu'il attendait d'elle, ce pourquoi il était venu, il le découvrait à l'instant. Or elle se taisait.

– Olivier, dit-elle enfin doucement, si tu as une histoire, vis-la si tu veux, mais ne fous pas tout en l'air.

– Je n'aime pas Claire, je viens seulement d'en prendre conscience.

– Bon attends. Viens te mettre à table. Je me prépare une tisane et tu me racontes.

Il parlait vite, oubliant de manger. Elle se fit la réflexion que ses yeux tenaient plus de place dans son visage qu'auparavant, parce qu'il avait maigri peut-être, plus vraisemblablement parce qu'il sortait d'un long sommeil. Son engouement était enfantin, agaçant venant d'un homme qui avait passé la quarantaine, mais réconfortant au fond. Pascale, qui l'avait connu avec Hélène, durant ces cinq ou six mois de folie, n'avait jamais cru à son amour pour Claire, mais elle pensait que la situation n'était pas désespérée pour peu que Claire change de registre. Elle avait été tentée de le lui conseiller à plusieurs reprises : Arrête de le materner, Claire, sois un peu pute, un peu perverse, Olivier n'aime jamais tant que lorsqu'il en bave, toi il n'a qu'à te sonner et tu accours.

– Et ta Stéphanie, naturellement, t'envoie balader.

– Tu as tort de ricaner. Si Stéphanie ne devient pas ma femme, Pascale, j'en mourrai, je le sais. Il est trop tard pour revenir en arrière...

– Est-ce que je peux te dire quelque chose de méchant, Olivier ?

– Non. Oui...

– Si Claire te trompait, là, tout de suite, tu lui cavalerais au derrière.

– Certainement pas. Je peux même t'avouer que j'ai l'espoir qu'elle rencontre très vite un type... Putain, Pascale, on dirait que tu ne sais plus ce que c'est de tomber raide amoureux, d'être embarqué...

– Si, excuse-moi, j'aurais dû d'abord te féliciter.

– Ne te fous pas de ma gueule, s'il te plaît.

– Je ne me moque pas. C'est vrai, je ne t'ai pas vu depuis des années avec cet éclat...

Elle se leva et lui déposa un baiser rapide.

– C'est juste que tu me fais un peu peur, ajouta-t-elle, debout près de lui.

– Et quand tu me vois crever d'ennui, je ne te fais pas peur ?

– Si. Je ne sais pas... Tu veux un yaourt, un fruit ?

Elle le laissa éplucher sa pomme.

– Je pense que tu as raison d'être exigeant, reprit-elle. Les gens se résignent à des relations infectes, destructrices, simplement par trouille. Je trouve ça indigne.

– Alors tu es d'accord avec moi ?

– Ta relation avec Claire n'est pas indigne. Et puis quelle importance que je sois d'accord ? Qu'est-ce que tu attends, que je t'encourage, que je te prenne par la main ? C'est le rôle dévolu à Claire d'habitude, mais là bien sûr elle ne peut pas être au four et au moulin...

– Pourquoi dis-tu ça ?

– Parce que tu t'es arrangé pour faire de Claire ta maman, Olivier, alors qu'elle aurait dû rester ta femme, ton amante. Et maintenant tu veux la quitter parce qu'elle est devenue ce que tu voulais qu'elle devienne.

– Elle m'a toujours materné, depuis le premier jour.

– C'était normal au début. Tu n'as pas l'air de te rappeler dans quel état tu étais après la mort d'Hélène : tu ne faisais que pleurer. Moi, à sa place, j'aurais pris mes cliques et mes claques et je me serais tirée. Mais Claire est généreuse, beaucoup trop généreuse, et je crois qu'elle ne sait pas où s'arrête la compassion et où commence le désir...

Pascale se tut un instant, et comme Olivier semblait rêver, elle poursuivit :

– Admettons que votre histoire se soit mal engagée, mais après c'était à toi de prendre ta place de mec et de l'aider, elle, à trouver la sienne. Or tu t'es complu dans ce rôle d'homme-enfant.

– Et c'est aujourd'hui que tu me dis ça ?

– Tu me demandes mon avis, non ?

– De toute façon ça n'aurait rien changé. Maintenant que j'ai Stéphanie je mesure combien je me suis trompé avec Claire. Jamais je n'aurais pu l'aimer...

– Enfin vous avez bien baisé pendant quinze ans !

– Oui.

– Je ne comprends pas.

– Moi non plus en fait.

Il se leva, fit quelques pas et, se retrouvant devant Pascale qui se tenait les fesses calées contre l'évier, il la prit dans ses bras.

– J'aurais dû t'épouser, lui souffla-t-il à l'oreille. Embrasse-moi.

– Non.

3

Ouvrant les yeux, Olivier eut une vision enthousiasmante de sa journée. Il n'aurait rien à faire qu'à traquer Stéphanie. L'excitation le jeta hors du lit. La petite pièce où il venait de passer la nuit, abusivement baptisée chambre d'amis, servait en réalité de buanderie ; le panier de linge à repasser, la table et le fer en occupaient la meilleure partie. Olivier les contourna et demeura un instant rêveur à la fenêtre : encore humides de rosée, les toits de zinc se découpaient nettement dans la fragile clarté du jour.

Il s'habilla à la hâte, récupéra sa montre dans la salle de bains et par égard pour sa cicatrice choisit l'ascenseur pour dévaler les six étages. Dans la rue silencieuse et comme lavée par la nuit, il vida l'air de ses poumons et lâcha un imperceptible ouf. Gagné ! Il avait réussi à fuir sans réveiller quiconque. Plus loin, il découvrit un café ouvert et commanda un double express.

Il sourit, se passa la main dans les cheveux. Il n'avait mal nulle part, tout était décidément parfait. Il ne se savait pas capable, tiens, d'une telle légèreté, d'une telle aptitude à profiter simplement du bonheur d'exister. Comment avait-il pu passer ainsi à côté de lui-même ? C'était incroyable ! Il avait vécu des années comme un autiste, finalement, recroquevillé, cadenassé... Mais naturellement c'est sa faute ! explosa-t-il intérieurement. Claire ! Oui, Claire ! Est-ce qu'un type sain d'esprit choisit de gaieté de cœur d'aller se terrer dans les bois à vingt-cinq ans ? d'aller se cloîtrer ? Non ! L'installation à Senlis, c'était elle ! Il avait dit oui, mais il aurait dit oui à n'importe quoi. Elle avait profité de son état lamentable, après la mort d'Hélène, pour le couper de ses amis, de ce quartier Saint-Lazare qui lui manqua douloureusement soudain, de ces plaisirs innombrables du quotidien.

– Donnez-moi donc un croissant, dit-il, et un autre express, un simple cette fois.

Elle avait fait de lui un captif, un homme éteint, résigné, lobotomisé. Étonne-toi après ça du mépris de Julien ! Pourquoi irait-il s'identifier à un ectoplasme ? Hein, pourquoi ?

Julien lui était complètement sorti de la tête depuis vingt-quatre heures. De sa nouvelle position d'affranchi, il eut le désir subit de l'appeler. Dis-moi, tu es pris à midi ? Non, parfait, eh bien rejoins-moi quelque part, je t'invite à déjeuner. Jamais ils n'avaient fait ça, se retrouver tous les deux au restaurant. Jamais. Repas à trois, toujours, et à la maison, dans cette salle à manger de concierge. Il lui revint que Claire avait proposé d'en abattre les cloisons, au début, et que c'était lui, Olivier, qui avait laissé traîner. Pourquoi d'ailleurs ? Oui, enfin peu importe, ce ne sont pas deux cloisons en plus ou en moins qui changent quoi que ce soit au cours d'une vie. Et donc jamais Julien n'avait vu son père seul, surgissant de la mêlée urbaine les mains dans les poches, comme tous ces hommes qu'on croise à midi dans les quartiers de bureaux. Conquérants, légèrement débraillés. Il aimerait que Julien le contemple, là, tout de suite, accoudé au bar. Il ne reconnaîtrait pas le petit généraliste taciturne du quartier de l'église à Senlis.

Sept heures dix. Il se fit indiquer une boulangerie ouverte et en rapporta une demi-douzaine de croissants.

Jean-Xavier et son fils venaient de s'attabler à la cuisine pour le petit déjeuner. Ils lui sourirent et Jean-Xavier l'invita à s'asseoir. Olivier eut le sentiment de perturber un rituel silencieux.

– Pascale m'a prévenu que tu avais dormi là, dit obligeamment Jean-Xavier. Ç'a été ?

– Impeccable.

Le père et le fils prenaient du thé avec un morceau de quatre-quarts. L'un et l'autre appliqués et discrets dans leurs manières, étonnamment semblables.

– Tu m'appelles à midi en sortant, dit Jean-Xavier quand Théo se leva.

– Oui.

– Bonne chance.

– Merci, dit Théo. Et se tournant vers Olivier : Tu seras encore là ce soir ?

– Je ne pense pas, non.

– Alors à bientôt.

Après le départ de son fils, Jean-Xavier expliqua sobrement à Olivier que Théo passait un bac blanc ce matin-là, puis à son tour il s'excusa et le laissa seul.

Olivier se sentit inexplicablement blessé, comme si ces deux-là l'avaient jeté au bord de la route, et dans l'instant la souffrance, ou peut-être l'humiliation comment savoir, se transforma en colère. Ils n'avaient pas touché à ses croissants ! Ça n'était vraiment pas gentil. Ils avaient même feint de ne pas les voir, comme s'ils étaient vulgaires ou déplacés à leur table. Bon, mais il n'était pas fragile au point de se laisser atteindre par de telles bêtises, il y avait autre chose bien sûr, d'imperceptible, de beaucoup plus grave, d'assez sournois en fait... Comment l'exprimer ? À aucun moment ils ne l'avaient laissé entrer dans leur sphère, ils s'étaient protégés de lui, voilà, et lui avaient envoyé à la figure, l'air de rien, leur complicité, leur affection. Olivier, du coup, s'était retrouvé là comme un déraciné, une espèce d'immigré qu'on tolère et dont on plaint secrètement l'inconsistance, le chaos existentiel.

Le chaos existentiel, se répéta-t-il. Non, là c'est moi qui déconne, ils ignorent la présence de Stéphanie, pourquoi iraient-ils me soupçonner d'être en pleine débandade ? Je leur prête mes angoisses, mes angoisses cachées alors, parce que je ne me suis jamais senti si bien. Mais aussi, ils sont agaçants tous les deux...

Il eut du mal à trouver les mots pour laisser cinq lignes de remerciements à Pascale. Il fallait faire vite, elle et sa fille allaient rappliquer et il n'avait aucune envie d'assister à une seconde démonstration d'harmonie familiale.

Dans la rue, il eut de nouveau l'envie d'appeler son fils. Écoute-moi, Julien, je ne t'ai jamais parlé d'Hélène, j'ai eu tort. On aurait dominé le monde, toi et moi, si on s'était connus en ce temps-là. Tandis qu'avec ta mère on a vécu enfouis dans la peur du malheur. J'avais eu ma dose avec le suicide d'Hélène, tu comprends, et ta mère a été programmée pour consoler et protéger. Ce fut sûrement pour elle une chance inouïe de me rencontrer, jamais elle n'aurait pu tomber amoureuse d'un homme debout. Elle aime les grands blessés qu'elle peut écarter définitivement du front et conserver sous son aile. Je prends seulement conscience à l'instant de ce qu'elle a fait de moi, tu sais, du père qu'elle t'a donné, et je comprends ton exaspération. Mais je retourne au front, Julien, tu m'entends ? Je repars à la conquête du monde après quinze années de relégation. Il faut d'urgence que je te présente Stéphanie, elle est en première ligne comme l'était Hélène. Avec elle nous allons vivre, tu vas voir, c'est peut-être bien toi qui demanderas grâce...

Stéphanie ! Il entra dans un bureau de poste et sourit de l'adresse indiquée. Maison de Radio France, il aurait pu le deviner tout seul. Claire avait vraiment fait de lui le dernier des pedzouilles. Métro Ranelagh, puis on descend la rue du même nom et on y est. Il s'apprêtait à pousser la première porte venue de la maison ronde quand le bleu d'un scooter lui accrocha l'œil, le même que celui du casque. Il s'assit pour patienter sur un muret. Après un assez long moment un éclair de lucidité lui traversa l'esprit ; il convint qu'en effet on pouvait trouver sa situation pitoyable, peut-être même grotesque au regard de son âge. Cependant, il se remémora la pâleur évanescente de Stéphanie, ses paupières comme deux fenêtres sur la mer du Nord, sa nuque aux cheveux ras, et il n'eut aucun doute sur ce qu'il entreprenait.

Elle apparut, déjà casquée, et marcha sur lui :

– Je vous ai vu de là-haut, dit-elle en extrayant un autre casque de sa mallette arrière, venez, vous me conseillerez.

Ils remontèrent le cours de la Seine et stationnèrent derrière l'Hôtel de Ville. Sur le trottoir, quelques mètres avant d'entrer au BHV, dans la foule déjà, elle le retint par le bras.

– Au fait, j'ai appelé Hervé hier soir pour lui raconter notre conversation. Voulez-vous que je vous répète ce qu'il m'a dit ?

– Pourquoi pas.

– Il vous trouve pathétique, proclama-t-elle en ayant plutôt l'air de se moquer d'Hervé que d'Olivier.

Et comme elle s'était approchée de lui, Olivier faillit l'embrasser.

– Il dit qu'il ne pensait pas qu'il subsistait des spécimens de votre espèce après toutes les révolutions, sexuelles et autres, de ces dernières années.

– Je ne comprends pas.

– Ça n'a aucune importance. Suivez-moi, je crois que c'est au sous-sol.

Ça n'était pas au sous-sol, non, mais au troisième, l'étage des tentures et toiles pour la maison.

– Si vous n'étiez pas si pressée, on pourrait prendre le temps de comparer, dit-il.

– Mais je *suis* pressée.

– Alors achetez ça. Au moins, c'est facile à installer, vous n'aurez pas à payer un type pour la pose.

Ils prirent deux stores. Qu'importe les dimensions des fenêtres (qu'elle n'avait pas relevées), ils étaient adaptables et assez efficaces, selon le vendeur, pour peu qu'on prenne soin de les ajuster proprement.

– Vous m'accompagnez jusqu'à la maison ? Comme ça vous les porterez. Je vous offrirai un café pour la peine, ajouta-t-elle en criant parce qu'elle venait de lancer son moteur.

La pièce de séjour était vide. Il déposa les stores dans un coin et fit quelques pas en direction de la lumière. Les tours du XIIIe arrondissement, là-bas, lui évoquèrent un début de fortification. Dans le no man's land, sur la gauche, des grues jaillissaient d'un enchevêtrement dense et poussiéreux. Aux reflets scintillants, plus loin, on devinait la Seine.

L'inquiétude le gagnait maintenant. À une allure affolante. Il l'entendait s'affairer dans la cuisine. Elle n'a même pas enlevé son blouson, songea-t-il. Elle va surgir avec les cafés et dix secondes plus tard elle aura disparu. Alors elle surgit avec les cafés :

– Je vous ai mis un sucre, ça ira ?

– Écoutez Stéphanie, il me faut un engagement de votre part.

– Vous êtes drôle, vous parlez comme un agent immobilier. Un engagement...

– Peu importe comment je parle. Je vous ai demandé si vous accepteriez d'être ma femme.

– Mais non !

Elle rit et but une gorgée de café.

– Hervé n'a pas tort, vous êtes pathétique par moments. À quoi ça m'avancerait d'être votre femme ?

– J'aimerais vous voir porter un enfant. Un enfant de moi naturellement.

Elle demeura un instant perplexe.

– Vous dites des trucs incroyables !... Bon, on y va ?

– Non, moi je reste. J'en ai marre de vous courir après.

Il était allé s'adosser dans un coin de la pièce, les

mains dans les poches. Elle l'avait regardé sans comprendre. Quoi, il restait ? Comment pouvait-il rester chez elle tandis qu'elle n'y serait plus ?

– Je reste, avait-il répété en fixant la pointe de ses chaussures.

Alors elle s'était approchée, mais au lieu de le jeter dehors s'était entendue murmurer :

– D'accord, restez.

Maintenant elle fonçait vers l'hôpital. Rentré de Nouvelle-Calédonie pour soigner un dysfonctionnement rénal, son père y mourait d'un cancer généralisé. La veille au soir, on avait dû le transférer dans une aile entièrement refaite, en rez-de-jardin. Ils allaient pouvoir sortir, s'asseoir sur un banc dans le parc, au soleil, c'en était donc fini d'être coincée à son chevet. Son enchantement, à l'instant, venait probablement de là, ou peut-être de la présence de cet homme chez elle. Elle sourit en se remémorant l'entêtement d'Olivier, puis revint à son père. Elle voulait bien l'entendre geindre, mais elle ne supportait plus son visage gris et flasque sur l'oreiller, comme une grosse huître.

Elle le reconnut de dos à travers l'imposte de la porte et crut opportun de s'extasier sur le rose ambiant. Il pleurait. Sa maîtresse lui écrivait de Nouméa qu'elle ne comptait pas venir avant plusieurs mois, je te serre fort fort mon Bibi.

– Elle m'abandonne.

– Pourquoi dis-tu ça ?

– Plusieurs mois, Stéphanie ! Voyons, tu sais bien...

– Viens.

Ils marchèrent silencieusement, lui au bras de sa fille, lourdement. Soudain son poids, son ostentation à se laisser traîner, lui furent intolérables. Bon sang, pourquoi n'en finissait-on pas de mourir ? Et de quel droit les mourants s'accrochaient-ils aux vivants ? de quel droit ? On devrait ouvrir des maisons pour eux, et qu'on ne les voie plus, et qu'ils nous fichent la paix. Merde à la fin ! Merde ! merde ! merde ! Elle prétendit qu'elle était en retard et le raccompagna à marche forcée. Comme il se remettait à pleurer, elle fut tout près de le brutaliser.

Elle était essoufflée en entrant chez elle, elle n'avait pas eu la patience d'attendre l'ascenseur.

– Vous êtes encore là ? risqua-t-elle timidement.

Il apparut, sortant de sa chambre à coucher, une perceuse à la main.

– Je bricolais. Qu'est-ce qui vous arrive ?

Bien plus tard, tentant de s'expliquer comment sa vie avait pris ce tour plutôt qu'un autre, cet après-midi de mars, Stéphanie en ferait porter la responsabilité à son père. À sa peur de mourir, insidieusement contagieuse, elle qui n'avait jamais songé sérieusement à sa propre disparition.

– Prenez-moi dans vos bras et redites-moi...

– Quoi ?

– Ce que vous me disiez tout à l'heure, que vous aimeriez...

– Vous voir porter un enfant.

– Redites-le complètement.

– J'aimerais te voir porter un enfant de moi, Stéphanie.

Elle se détacha de lui. Jamais elle n'avait éprouvé cet appétit-là. Ça n'était pas exactement sexuel, c'était le désir d'être fécondée, oui, d'être fécondée par un homme qui se croyait manifestement plus fort que la mort. Comme si l'obstination folle de cet homme, son inconscience, sa certitude de l'emporter, étaient les antidotes inespérés à l'effroi glacial et soudain qu'avait suscité en elle la fin prochaine de son père.

Il faudrait que son sexe soit vigoureux pour déposer la semence au plus profond de moi. Elle songeait à cela, maintenant, debout et nue au milieu de la pièce, observant Olivier se déshabiller à son tour. Lui par instants cherchait son regard, mais elle, non. Elle n'avait aucune autre préoccupation que la robustesse de ce sexe dont elle guettait l'apparition, qui allait devoir bientôt s'enfoncer en elle, vaincre sans faiblir mille obstacles, s'enfoncer toujours plus loin pour concevoir enfin l'enfant, là-haut, entre ses reins, au cœur des ténèbres précisément.

4

Olivier avait un peu perdu la notion du temps. Par exemple, il n'aurait pas su dire le jour, ni si l'on était encore en mars. Il avait élu domicile dans un hôtel de la rue Buffon dont les chambres donnaient sur le Jardin des Plantes. De là, il gagnait à pied l'appartement de Stéphanie. Elle l'appelait en quittant la radio et ils se rejoignaient généralement au bas de son immeuble. Elle l'embrassait fébrilement sur le trottoir, sans retirer son casque, haletante, les narines frémissantes, jusqu'à percevoir nettement son érection.

– Viens vite, soufflait-elle alors.

De la première fois, ils avaient conservé une façon mécanique et brutale de s'accoupler, sans mièvreries ni préliminaires. Dans l'esprit de Stéphanie, Olivier demeurait associé à cet acte fort, salvateur, apte à tenir tête au spectre confus de sa destruction. Elle n'avait pas le souvenir que le sexe d'Hervé ait jamais éveillé en elle quoi que ce soit de cette importance. Mais il est vrai qu'Hervé datait d'avant ce jour où la mort lui était apparue comme un péril possible. Olivier, de son côté, croyait avoir retrouvé en Stéphanie ce qui l'avait bouleversé chez Hélène : cette quête désespérée du plaisir comme une échappatoire au vertige obstiné d'en finir avec la vie.

Cette illusion le confortait, jour après jour, dans l'idée que Claire n'avait été qu'une parenthèse dans son existence, et qu'il avait eu raison, ô combien raison de la quitter.

Ils ressortaient dîner après leur lutte amoureuse, puis rentraient se coucher.

Un soir, Stéphanie reconnut la silhouette d'Hervé, à demi dissimulée sous son porche.

– C'est Hervé, dit-elle.

– Hervé ?

– Il m'a écrit.

– ...

Olivier n'eut pas le temps d'avoir peur car déjà l'autre le saluait, aimablement.

– Bonsoir, vous êtes Olivier je suppose...

– Hervé, Olivier, confirma Stéphanie.

– Je suis content de vous connaître, reprit Hervé.

– En ce qui concerne ta lettre, dit Stéphanie, la réponse est non.

– Bon, est-ce que je peux monter un moment tout de même ?

– Pour quoi faire ?

– J'ai encore réfléchi depuis.

– Alors juste le temps d'un café, je suis fatiguée.

Ils restèrent seuls dans la pièce vide pendant qu'elle préparait le café, puis comme Olivier s'asseyait contre un mur, Hervé fit de même contre l'autre mur.

– Je découvre un peu tard que j'aime Stéphanie, dit-il enfin, et il sourit tristement à Olivier, comme au seuil d'une conversation entre amis.

– Je ne comprends pas.

– Parce que sans doute ça ne vous est jamais arrivé de perdre quelqu'un, c'est à ce moment-là, je crois, à ce moment-là seulement...

– Vous êtes cinglé ! bondit Olivier. J'attends Stéphanie depuis quinze ans ! quinze ans ! Vous imaginez ce que ça représente ?

Il s'aperçut qu'il s'était dressé comme un ressort et qu'à présent, debout, il fusillait du regard cet homme avenant et maladif.

– Excusez-moi, reprit-il un ton plus bas, mais c'est vrai que je ne comprends pas ce que vous voulez. Moi, à votre place, je vous aurais déjà descendu.

– Tiens, ton café, dit Stéphanie en entrant.

Olivier tremblait, il voulut boire et se brûla. Après un instant de stupeur, Hervé s'était mis à rire silencieusement, le nez dans sa tasse.

– Maintenant, dis-moi à quoi tu as réfléchi, l'interpella Stéphanie, s'asseyant près de lui.

– Tu as entendu ce qu'il vient de me dire ? Je ne pensais pas qu'un type cultivé – un médecin, c'est ça ? – dans un des pays les plus civilisés d'Europe...

– À quoi vous pensiez donc quand vous étiez dans son lit ? aboya Olivier.

– Là, vous êtes vulgaire, mais passons. À la même chose que vous, je suppose, rétorqua-t-il en prenant le parti de ricaner.

– Non, certainement pas, sinon vous m'auriez déjà tué. C'est vous qui êtes vulgaire, vous ne comprenez rien à la gravité des choses. Laissez-nous maintenant.

Au milieu de la nuit, Olivier eut une insomnie. C'était la première fois depuis qu'il dormait avec

Stéphanie. Du temps de Claire, cela lui arrivait souvent ; il enfilait un peignoir et descendait lire des revues médicales au salon. Parfois Claire le rejoignait et ils buvaient une tisane ensemble. Là, tout de suite, il fut pris de frissons, si bien qu'il renonça à se lever. D'ailleurs, où aller ? La pièce à côté ne comptait même pas une chaise... Partant des profondeurs du ventre, des ondes glaciales lui parcouraient le dos jusqu'à la nuque. Il envisagea de réveiller Stéphanie, puis songea qu'il ferait mieux de regagner son hôtel, mais cela surtout lui parut être au-dessus de ses forces. Il avait envie de vomir, ou de sangloter. Envie qu'on le prenne dans les bras et qu'on lui dise... Mais qu'on lui dise quoi, Seigneur ? Ce qu'il devait faire, où aller, que décider... Tout cela le dépassait subitement. Oui, qu'on le prenne dans les bras et qu'on décide pour lui. Alors il se remémora combien il avait été sûr de lui, quelques heures plus tôt avec Hervé. Comme il l'avait été avec Claire. Je pars, Claire, ce que nous avons vécu ensemble n'a pas de nom, aujourd'hui j'ai honte de l'avoir accepté. Il avait parlé d'exigence, martelé qu'on n'avait pas le droit, non, pas le droit, dans la vie, de se contenter de peu, de rien.

– De rien. Tu le penses vraiment, Olivier ?

– Oui.

Non, il ne le pense plus, il ne sait plus maintenant. Depuis combien de jours a-t-il quitté Claire ? Tu le penses vraiment, Olivier ? Ses yeux s'étaient imperceptiblement embués quand il avait confirmé, sinon pas une larme. Toujours à la hauteur, Claire, mesurée, digne. Lui s'était comporté comme un fanatique, un illuminé. Qu'avait donc Stéphanie de si exceptionnel ?

Qu'avait-elle donc de plus que Claire ? Elle avait besoin de son sexe, un besoin vital, pathétique, presque métaphysique. Claire aussi aimait qu'il la pénètre, mais c'était dans la nuit, sous le drap, il n'aurait pas osé... Oser quoi ? S'exhiber en érection, dans la clarté dorée d'une fin d'après-midi, au beau milieu d'une pièce vide, comme si le corps, soudain, n'était plus là que pour supporter le sexe. Pour Claire, il n'avait jamais été que l'objet d'un désir annexe, nocturne, fugace, tandis que Stéphanie s'en crucifiait avec passion, longuement, rageusement, semblant chaque fois mourir et ressusciter. Olivier ne se reconnut pas dans l'homme de ce sexe. Il grelottait. Il se souvint qu'il avait promis à Claire d'appeler Julien et ne l'avait pas fait. Promis aussi de lui communiquer une adresse, un téléphone au moins où le joindre... Peut-être Claire le cherchait-elle à cette heure-ci ? Il se passa nerveusement une main sur le front et bientôt se mit à transpirer. Stéphanie était une étrangère en réalité, il en prit conscience brusquement. Sa place à lui était à Senlis, entre sa femme et son fils, dans ce salon modeste, certes, mais chaleureux. Il n'était pas de taille pour durer auprès de cette fille mécanique qui hurlait sans retenue à l'instant de jouir puis, satisfaite, se commandait un tartare-frites-salade qu'elle engloutissait en répétant à Olivier le dégoût que lui inspiraient la vieillesse, la décrépitude, celle de son père en particulier. Elle semblait avoir momentanément oublié qu'elle l'avait trouvé vieux, lui aussi.

Le son cascadant de la douche que le jingle de France-Info couvrait par intermittence le tira d'un mauvais sommeil. Comme chaque matin, Stéphanie se lavait, et Olivier sourit en l'imaginant. L'eau ruisselante lui allait bien, elle donnait à son regard cette sorte de gravité attentive qu'il lui connaissait aussi au début de l'amour, avant les premiers gestes. À quoi songeait-elle sous le jet brûlant ? Quelques années plus tard, se repassant inlassablement le film de Stéphanie, Olivier résoudra enfin l'énigme : au picotement délicieux de l'eau sur ses reins, sur sa peau, à ne rien en perdre surtout. Il fut tenté de la rejoindre ce matin-là, mais y renonça. La pénombre de la chambre, traversée de fins rayons obliques, convenait au convalescent qu'il était. Il se sentait encore fragile des cauchemars de la nuit.

Stéphanie partie, il reprit machinalement la direction de son hôtel, acheta son journal au kiosque habituel mais une fois au café fut incapable de le lire. Les autres jours, il goûtait avec ravissement ce moment, le prolongeant parfois jusqu'à midi. Quelque chose s'était détraqué en lui sans qu'il y prenne garde. J'ai simplement besoin d'être rassuré, songea-t-il, quand on m'aura dit qu'ils se passent très bien de moi, là-bas, à Senlis, je recouvrerai ma légèreté. Il se leva en feignant d'acquiescer à sa propre analyse, se frappa pensivement la paume de son journal roulé en matraque, paya et sortit du café. Bientôt, cependant, les ondes glaciales qui l'avaient assailli pendant son insomnie récidivèrent, le forçant à marquer le pas puis à chercher un refuge où se poser. Ça n'était pas sur Claire et Julien qu'il avait besoin d'être rassuré, non, mais sur lui, sur cette existence irréelle, sans racines, qu'il avait choisie pour succéder au train-train quotidien auprès de sa femme et de son fils. Il le comprit là, sur un banc public, et éprouva aussitôt le besoin d'entendre Rémi lui dire qu'il avait eu raison, mille fois raison. Rémi ! Pourquoi s'était-il tenu si loin de lui depuis sa rupture avec Claire ? Rémi devait pourtant se féliciter que la vie bouge enfin, lui qui leur reprochait à tous, depuis des années, de se contenter de peu.

Il découvrit sans mal l'ancienne miroiterie au fond d'une impasse. C'est Estelle qui vint lui ouvrir la grille, ses cheveux bruns couverts d'une fine poussière minérale.

– Olivier ! Rémi te cherche partout..

– Il est là ?

– Non, il déjeune avec Claire.

– Avec Claire, à Senlis, tu veux dire ?

– Écoute je crois. En tout cas, hier, c'est encore là-bas qu'elle habitait.

Il était trop ému, subitement, pour percevoir l'ironie.

– Merde, dit-il.

– Tu veux rentrer un peu ?

– Je ne sais pas.

– Décide-toi parce que je suis en train de travailler... Mais je veux bien te faire un café.

– D'accord, et puis je m'en irai.

Elle n'avait pas dit oui, s'il te plaît, mais c'était tout comme. Olivier comprit qu'il la dérangeait. Ils traversèrent une cour pavée à droite de laquelle, sous un vaste appentis, Estelle avait installé son atelier, puis elle le fit entrer dans une cuisine de plain-pied.

– Assieds-toi. Il reste du gâteau, tu en veux ?

– Je veux bien, oui.

Il attendit qu'elle ait fini de servir.

– J'ai quitté Claire, Estelle.

– Je sais.

– Évidemment tu sais, excuse-moi. Je me demande si je n'ai pas fait la plus grosse connerie de ma vie.

Debout contre un radiateur, tenant son bol de café des deux mains, le corps effacé par une blouse informe, elle lui offrait son profil. Il attendit, mais elle se remit à boire avec un léger bruit de succion, exactement comme s'il n'avait rien dit et Olivier, déçu, baissa les yeux.

– Qu'est-ce qu'il en pense Rémi ? reprit-il.

– Tu le lui demanderas.

– Et toi ?

– Tu veux vraiment le savoir ?

Cette fois elle s'était tournée et le toisait. Pourquoi avait-elle toujours l'air de le juger ?

– J'ai l'impression que tu ne m'as jamais beaucoup aimé, Estelle, s'entendit-il répliquer, et que si je n'étais pas l'ami de ton mec...

Sans le vouloir, il avait marqué un point, elle mit un instant à se ressaisir.

– Écoute, ça fait trois semaines que tu es parti de chez toi, trois semaines que Rémi s'occupe de ta femme, et accessoirement de ton fils, et tu te pointes un beau matin les mains dans les poches en te demandant, pardon, en *me* demandant, si tu n'as pas fait la plus grosse connerie de ta vie...

– ...

– Tu sais où on devrait être, aujourd'hui, Rémi et moi ?

– Non.

– Au Guatemala. On a dû tout annuler à cause de toi.

– Non ! Qu'est-ce que vous alliez faire au Guatemala ?

– Adopter un enfant. Enfin, commencer les démarches, les papiers...

– Oh ! bon Dieu ! Je suis désolé, Estelle. Je suis vraiment désolé... Rémi ne m'avait pas prévenu...

Il s'était levé et, ne sachant que faire, vint lui toucher l'épaule.

– C'est rattrapable au moins ?

– Évidemment, oui. C'est pas si grave.

Son regard s'était adouci.

– Tu veux un autre café ?

– Non, je vais te laisser bosser. À quelle heure je peux revenir en étant sûr de le trouver ?

– Vers dix-huit heures.

Il l'embrassa sans que lui viennent les mots de réconfort qu'il aurait voulu dire – mais Estelle décidément le désarçonnait – et il eut le sentiment de fuir en regagnant seul la rue.

Elle se remit à son ouvrage et oublia aussitôt Olivier. Pendant la première guerre des Balkans, au début des années quatre-vingt-dix, elle était partie marcher plusieurs mois sac au dos sur les lignes de front. Elle voulait voir la guerre de près, disait-elle, une autre que celle qu'elle livrait obstinément à la vie qui lui refusait un enfant, avec Rémi pour seul allié. Des amitiés nouées durant ce voyage avec les habitants d'un village où elle avait longtemps séjourné sous les obus était née l'idée de lui commander un monument du souvenir qu'on scellerait sur le parvis de l'église reconstruite.

L'église triomphante. Issue de parents communistes et anticléricaux, elle souriait amèrement de cette ironie.

Estelle avait fini par comprendre pourquoi chez elle la sculpture l'avait emporté sur la peinture qu'elle ne pratiquait plus : c'est que sa propre existence ressemblait à ces roches informes qu'il lui fallait inlassablement buriner pour les tirer du néant, leur donner un sens, une âme quand elle y réussissait. Rien n'avait jamais été acquis pour elle. Elle avait vu l'idéologie des siens s'étioler bien avant l'effondrement du Mur. Devenu mutique, son père s'était laissé détruire sans lutter par la maladie, lui qui avait été porteur de valises pendant la guerre d'Algérie. À soixante-quatre ans, libérée du désespoir obsédant de son mari, sa mère s'était remise aux études. Elle n'avait plus guère d'autres certitudes à transmettre à sa fille que sa foi en l'effort, son entêtement à reconstruire, à découvrir seule la sortie des ténèbres.

Quand avoir un enfant semblait aller de soi pour tous leurs amis, la vie le leur avait donc refusé. Elle avait découvert Rémi au fil de cette épreuve qui n'en finissait plus. Ce fils de famille, gâté à tous égards, qu'elle avait observé avec incrédulité au début, s'était révélé étonnamment combatif, généreux, et doué d'une qualité qui manquait cruellement à Estelle, l'humour, la légèreté. C'était grâce à lui, à cette façon qu'il avait de donner charme et tendresse aux détails les plus triviaux, qu'ils avaient franchi sans trop de dommages les années bébé-éprouvette avant de se résoudre à l'adoption.

Et cependant, pour qu'on n'oublie pas la guerre, là-bas, dans les Balkans, c'était un homme sanglotant dans les bras d'une femme qu'elle avait imaginé, et qu'elle sculptait depuis des mois. Elle en avait envoyé une esquisse aux villageois croates qui y avaient vu avec bonheur la Vierge réconfortant le soldat, tandis qu'Estelle s'était inspirée de la seule défaite qu'elle eût éprouvée, celle de ses parents, la mère trouvant encore la force de consoler le père. Ces derniers temps, il lui arrivait de s'identifier à son œuvre : si d'aventure eux aussi perdaient le combat de leur vie, cet enfant, elle serait de taille à soutenir Rémi.

Il l'appela en début d'après-midi. Elle l'écouta distraitement lui raconter son déjeuner avec Claire. Elle était ailleurs, dans l'émotion de son travail, pressée qu'il raccroche pour y retourner.

– Enfin bon, je trouve qu'elle ne s'en sort pas trop mal pour une femme abandonnée.

– Au fait, Olivier est passé.

– Estelle ! Et c'est maintenant que tu me le dis ! Tu l'as vu ? Tu lui as parlé ?

– Oui, il a bu un café. Je lui ai dit de revenir vers six heures.

– Tu aurais dû l'enfermer ce con ! Ça c'est énorme alors... Mais où il vit ? Qu'est-ce qu'il fout ?

– Je ne sais pas.

– Tu ne lui as rien demandé ? Estelle, est-ce que tu te rends compte...

– Il me dérangeait, Rémi. Il me dérangeait. Toi aussi, tu sais.

– Bon, excuse-moi. Je serai là pour l'accueillir.

Elle voulut se remettre au travail mais se sentit fatiguée brusquement. Le coup de fil de Rémi l'avait arrachée à cette tension si précieuse qui certains jours donnait une grâce particulière à ses gestes, et soudain l'ordinaire l'assaillait : elle avait mal aux reins d'être restée longtemps debout, ses mains s'étaient ankylosées, mais surtout elle avait faim. Elle se servit un verre de vin, se coupa du fromage et un morceau de pain et durant quelques minutes, assise sur une fesse, mastiqua voracement, obsédée par son appétit. Enfin elle put s'adosser, allonger les jambes et reprendre le cours de ses pensées, légèrement groggy. Rémi n'avait jamais été si occupé, si passionné, si vivant en fait, que depuis la séparation d'Olivier et de Claire. Il s'était embarqué dans cette affaire avec la précipitation ravie d'un pompier. Il fallait, certes, entourer Claire et Julien, et Pascale par exemple s'était beaucoup manifestée, Estelle en avait eu des échos, mais Rémi, lui, n'avait pas lâché d'une semelle la veuve et l'orphelin. Cet imbécile d'Olivier ! songea-t-elle. Elle n'avait jamais pu accrocher avec cet homme-enfant dont le regard semblait en permanence chercher les bras d'une femme pour courir s'y blottir. Ou les bras d'un homme, ceux de Rémi en l'occurrence. Elle pouvait comprendre qu'Olivier ait besoin de Rémi, mais que celui-ci nourrisse une si constante affection à l'égard d'un type aussi manifestement inconsistant, cela la dépassait. Et pour ne rien arranger, il y avait Claire, le cas Claire. Elle était l'émanation d'un milieu social que toute son éducation la conduisait à exécrer : fille d'officier, ancienne élève de Sainte-Marie de Neuilly, un temps cheftaine de louveteaux en banlieue populaire, pour la bonne cause. Quand le père de Claire ratissait la Mitidja à la tête de ses hommes, et s'y faisait tuer d'ailleurs, celui d'Estelle transportait des fonds pour le FLN. Qu'Olivier ait pu choisir pour compagne une telle femme le condamnait implicitement aux yeux d'Estelle. Mais là n'était pas la question, ce qui la troublait, la froissait, c'était l'engouement de Rémi pour ce petit séisme familial qui ne le regardait pas vraiment, comme s'il n'attendait qu'un prétexte pour prodiguer ses richesses de cœur et d'esprit. Rémi se gâchait en agissant de la sorte, il était même un peu ridicule. Elle ne pouvait pas s'empêcher de penser qu'il agirait avec plus de discernement s'il avait la charge d'un enfant, ou de plusieurs, et cela creusait encore son amertume.

Elle se fit un café, y trempa la dernière part de gâteau et monta se doucher à l'étage. Ses cheveux noués dans une serviette, elle s'habilla de propre, une robe d'été boutonnée sur le devant et des sandales, puis entreprit de se coiffer. Rémi n'était pas parvenu à la convaincre qu'elle était jolie, mais elle lui plaisait, tout en elle lui plaisait, elle ne pouvait avoir aucun doute là-dessus, sa peau très blanche, ses hanches un peu larges, ses seins tendus d'adolescente, son regard sombre sous la frange, et cela l'avait plus ou moins réconciliée avec son apparence. En traversant la cour, elle évita soigneusement de jeter un œil à son ouvrage, elle en était loin maintenant et n'avait plus ni l'énergie ni le désir de céder à l'émotion. En sortant du métro, place Saint-Sulpice, elle acheta les journaux et s'installa au café, en terrasse. Le garçon nota qu'il ne l'avait pas vue depuis au moins huit jours. Ah bon ! dit-elle, je ne sais pas, puis elle se laissa distraire par les nouvelles du monde.

5

En quittant Estelle, Olivier s'engouffra dans la première cabine téléphonique. Il composa le numéro de Pascale, puis tombant sur le répondeur raccrocha. Les propos d'Estelle, le rejet qu'il y avait perçu, avaient considérablement accru son désarroi. Comment avait-il pu foutre sa vie en l'air, oui, c'était le mot, foutre sa vie en l'air sans consulter ses plus proches amis ? Il se le reprochait maintenant, mettant en avant la peine qu'il leur avait faite, mais suffisamment lucide cependant pour mesurer que son repentir avait une autre motivation, moins avouable : il aurait donné beaucoup, aujourd'hui, pour trouver à ses côtés Pascale, et surtout Rémi. Il eut la sensation décourageante d'avoir accumulé les gâchis. Et s'il appelait Claire, là, tout de suite ? Il la supplierait de lui pardonner, lui dirait qu'il venait assurément de commettre la plus magistrale connerie de son existence, et ce soir même il dormirait dans son lit. Claire s'empresserait d'organiser son traditionnel dîner de fête et seules les étreintes un peu trop appuyées des uns ou des autres témoigneraient de l'effroi qu'avait suscité son escapade. Dans moins d'une semaine, à la date annoncée, il rouvrirait son cabinet médical.

Il balança un moment, se vit avec soulagement reprenant une place dont le confort lui avait échappé, mais il eut alors le sentiment presque palpable de rapetisser. Claire l'avait voulu responsable et docile, tandis que Stéphanie lui prêtait en tout de la démesure. L'amant qu'il pouvait être, il l'avait découvert confronté au désir de Stéphanie, jusqu'à éprouver pour son propre corps une forme de désir. C'était la première fois, et cela le troublait. Jamais son image en érection, dans la lutte amoureuse, n'avait retenu son attention, cette fois oui, comme si enfin je m'acceptais, songea-t-il, ou mieux, comme si je m'aimais. Un instant il se crut assez fort pour bouleverser le pauvre rituel amoureux de Claire, fut tout près de l'appeler, la main sur le combiné déjà, puis se rappelant la présence de Julien, renonça rageusement. Rien n'est plus possible avec lui dans la maison, siffla-t-il. Alors conscient d'avoir proféré une énormité surgie des profondeurs, il gagna à pas pressés la bouche de métro.

Il allait prendre un Lexomil et s'allonger. En fin d'après-midi, Rémi l'aiderait à remettre les choses à plat. Rémi l'écoutait depuis toujours ; c'est sur ce mode qu'était née leur amitié, au lycée. Enfant adultérin d'un petit hobereau de Sologne et d'une femme de ménage, Olivier n'avait aucun souvenir de son père, disparu durant sa petite enfance. Quand Rémi l'avait connu, il habitait seul avec sa mère dans un appartement étriqué, rue Cardinet. Mme Mangin remerciait chaque jour le ciel de lui avoir donné un si bon fils, et il est vrai qu'Olivier, brillant élève, semblait avoir été épargné par l'adolescence. En le sortant le soir, en lui ouvrant le monde, Rémi puis Pascale l'avaient un peu déniaisé, mais c'était l'arrivée fracassante d'Hélène qui l'avait réellement précipité dans la vie, la vraie, la sienne. Là, il s'était enfin détaché de sa mère, abandonnant par la force des choses le rôle de mari de substitution qu'il tenait sagement auprès d'elle. Entre-temps, il avait choisi médecine, plutôt que kinésithérapie, sur les conseils de Rémi qui l'avait encouragé à voir grand.

Trois messages urgents de Stéphanie l'attendaient à son hôtel. Sur le dernier, la réceptionniste avait retranscrit cette phrase entre guillemets : « Si tu ne me rappelles pas d'ici une heure, je fais une IVG. » IVG souligné trois fois.

– Je suis désolée, monsieur, mais cette personne...

– Elle attend un bébé, c'est ça ?

Il était essoufflé. La jeune femme ne fuyait pas son regard, non, mais elle se taisait, attendant qu'il comprenne seul combien la situation était embarrassante pour elle.

– C'est ça, elle attend un bébé, confirma-t-il.

Alors dans l'instant il eut le sentiment de prendre enfin sa revanche sur les amères vacheries de son existence, sa mère, Hélène, Claire, qui toutes au fond l'avaient piégé, manipulé, anéanti. Cette fois c'est lui qui avait provoqué le destin, et ça marchait.

– J'ai gagné, murmura-t-il sourdement. J'ai gagné. Puis le visage subitement illuminé : Vous ne pouvez pas savoir... Je peux vous embrasser ?

– Oui, dit-elle, en lui tendant son visage, soulagée. Toutes mes félicitations, monsieur.

Cette nuit-là, il dormit en homme repu. Il avait emmené Stéphanie manger un couscous, ils avaient trop bu, en rentrant il lui avait fait l'amour longuement, tendrement, sans extravagances, avec l'éternité d'un paysan.

Au réveil, il se souvint de Rémi. Bon, l'appeler. Et puis vendre le cabinet médical, divorcer de Claire, s'installer sur Paris, trouver une clientèle, un appartement... Rémi serait là.

C'est lui qui décrocha.

– Salut, c'est moi.

– Aaaah ! Le disparu de Senlis ! Tu sais qu'on t'a attendu, hier soir ?

– Oui. Je vais avoir besoin de toi, Rémi.

– Mais qu'est-ce que tu fous, bon Dieu ! Où tu crèches ?

– Chez Stéphanie.

– Je ne pensais pas que ça durerait plus de huit jours.

– Tu te trompais, je suis très amoureux...

– J'en crois pas un mot ! Tu cours après le fantôme d'Hélène, Olivier. Cette petite gourde est son portrait.

– Tu trouves ?

– Pas toi peut-être !

– Si, je ne sais pas.

– J'ai vu ça dès le premier jour, quand je l'ai croisée dans ta chambre, à l'hôpital.

– Rémi ?

– Quoi ?

– Je lui ai fait un enfant.

– ...

– ... pour te dire combien je tiens à elle. Tu comprends ?

– Pauvre con ! Non, je ne comprends pas. Je vais

raccrocher, là. Ne me rappelle plus avant longtemps, Olivier. Ne me rappelle plus s'il te plaît.

C'était allé très vite, Rémi n'était plus au bout du fil. Olivier posa le combiné et se mit à aller et venir dans l'appartement de Stéphanie, buvant un verre d'eau, ouvrant une fenêtre ici, en fermant une autre là, réchauffant du café, y renonçant pour une banane. Sonné, mais encore incapable de réaliser ce qui venait de lui tomber sur la tête, il se rasa machinalement, s'habilla, et se fit conduire en taxi à la gare du Nord. Enfin, dans le train pour Senlis, son indélicatesse lui sauta au cœur. Ce « tu comprends ? » à Rémi, qui espérait un enfant depuis dix ans au moins, comment avait-il pu ? Mais aussi, à ne jamais parler de ses propres souffrances, à se pencher inlassablement sur celles des autres, Rémi prêtait le flanc à ce genre de monstruosité. Au premier arrêt, il bondit du train et courut vers un taxiphone. Ah ! tu es là ! Ouf ! J'ai eu peur de ne plus te trouver. Je suis désolé, Rémi, sincèrement désolé... Merde ! Ils n'étaient là ni l'un ni l'autre, ou ils se doutaient que c'était encore lui et ils le faisaient exprès. Il se dit qu'il rappellerait plus tard. Il aurait Estelle. Elle l'assassinerait, mais peu importe. C'est un malentendu, Estelle, tu m'entends ? Un malentendu. Dis-le-lui, je t'en supplie.

Arrivé à Senlis le train était presque vide. Ils ne furent que trois ou quatre à en descendre. Il était un peu plus de onze heures, les gens travaillaient. Olivier marcha en direction de l'église, par les rues tortueuses qu'il connaissait bien. Le soleil, encore clément, ménageait une zone d'ombre aux relents d'humus. La végétation débordait des vieux murs incrustés de mousse, et il devinait parfois, juste derrière, la cisaille ou le jet d'eau d'un jardinier. Il s'aperçut qu'il allait à pas feutrés, s'interdisant de respirer librement. Il était ému. Par bonheur, les rares passants qu'il croisait ne lui prêtaient aucune attention. Il contourna l'église, franchit en retenant son souffle le hall glaçant de l'immeuble et fut chez lui, dans son cabinet. Par réflexe, il ouvrit la fenêtre de la salle d'attente, puis s'y assit. Il avait besoin de faire une pause. Pourquoi se sentait-il en même temps euphorique et tout près des larmes ? Il se leva et gagna son bureau. On n'avait pas touché à ses piles de courrier depuis la reconstitution ; Claire n'était donc pas venue, ni Julien. Mon Dieu, Julien ! Les premières années, il lui prenait souvent l'envie de parler à son père en rentrant de l'école. Olivier criait : « Allô ! allô ! qui est à l'appareil ? » avant de comprendre que c'était lui bien sûr. Raconte-moi, mon chéri, disait-il alors, s'excusant d'un regard auprès de son patient, et Julien racontait une ou deux choses minuscules de sa journée. À cette époque, déjà, Olivier ressentait confusément l'existence de son fils comme une menace pour la sienne. Par la suite, cela s'était aggravé. Alors, s'il avait dû exprimer brutalement ce qu'il éprouvait, Olivier aurait dit qu'à son sens il n'y avait pas de place pour deux hommes auprès de Claire, sous le même toit. Pas de place pour deux hommes.

C'est donc lui qui avait généré ce climat de défiance. De la défiance envers un enfant ! Mais pourquoi ? De ce fait, il n'avait jamais pu confier à Julien combien il l'aimait. Ni même simplement le serrer fort contre lui. Maintenant, il y était prêt. Maintenant qu'ils n'habitaient plus sous le même toit, tous les deux, que Julien l'avait emporté d'une certaine façon... Il ne l'a pas emporté, voyons, c'est moi qui suis parti ! Oui, mais ça revient au même, il se retrouve bel et bien seul à la maison avec sa mère, exactement comme je l'étais enfant. C'est moi le mort, le revenant en l'occurrence. Il sourit, jeta un œil sur sa montre, calcula qu'en fonçant il pouvait récupérer Julien à la sortie du lycée et s'échappa en courant.

– T'es revenu ?
– Oui, enfin non, juste pour te voir.
– Tu vas pas voir maman ?
– Je ne sais pas, plus tard.

Olivier l'avait croisé à cinq cents mètres du lycée, parmi d'autres qui s'égrenaient vers le centre-ville. Julien n'avait pas eu l'air surpris. « C'est mon père, à tout'... »

– Ça se passe comment à la maison ? reprit Olivier.
– Bien.
– C'est-à-dire ?
– Ben bien, qu'est-ce que tu veux savoir ?
– Rien... Si ça n'a pas été trop dur.

Julien eut un infime ricanement.

– Pour moi c'est plus cool.
– Ah bon, pourquoi ?
– Maman n'est plus trop là, tu vois.
– Tu as la maison pour toi tout seul, tu veux dire ?
– Ouais.

Il haussa les épaules et rit sans conviction en observant son père de biais.

– Au fait, je l'ai entendue à la radio, ta copine. Stéphanie Le Dantec.

– C'est beaucoup plus qu'une copine, Julien.

Olivier faillit lui annoncer que Stéphanie était enceinte, mais il estima préférable d'attendre le restaurant. Il ne trouvait pas le ton qui lui permettrait de dire à Julien des mots simples et forts, et cela l'agaçait. Julien, de son côté, jugeait plutôt confortable l'absence de son père, mais sa réapparition soudaine remuait des sentiments enfouis dont il ne savait que faire.

– Bon, qu'est-ce que tu penses de tout ça ? revint à la charge Olivier une fois à table.

– Rien.

– Est-ce que tu es capable, tout de même, de dire si tu regrettes ta vie d'avant ?

– Non.

– Non quoi ?

– Je ne la regrette pas... Tu ne veux pas qu'on parle d'autre chose ?

Olivier fut désarçonné, et pendant un moment chacun ne se préoccupa plus que de son assiette.

– Écoute Julien, reprit-il gravement, je suis bien conscient d'avoir provoqué un séisme. Je pense que tu souffres et que tu ne veux pas te l'avouer. En tout cas, moi, je voudrais te dire...

– Là, tu te goures complètement, papa, ça me fait chier d'en parler, c'est tout.

– Bon, comme tu veux.

De nouveau ils se turent. Olivier cherchait vers où diriger la conversation pour se rapprocher de son fils, le voir se détendre et rire, quand Julien le relança.

– T'as eu raison de toute façon.

– Raison de quoi ?

– De te casser.

– Pourquoi tu dis ça ?
– Parce que vous aviez une vie nulle, maman et toi.
– Julien !
– Excuse-moi.
– Non, ça va. Parle franchement, je préfère.
– Surtout toi, t'avais pas vraiment l'air de t'éclater.
– Tu te trompes, pendant des années j'ai été vraiment heureux auprès de Claire.
– ...
– Bon, et puis j'ai rencontré Stéphanie.
– Montre une photo d'elle.
Olivier eut conscience d'être brutalement rabaissé au rang de copain ; déjà Julien tendait la main, l'œil allumé. Il lui aurait été facile de prétendre qu'il n'avait pas de photo et de passer à autre chose en prenant ses distances, mais Stéphanie était jolie, Julien allait s'extasier, et Olivier céda à la tentation.
– Je n'ai que celle-ci, elle n'est pas très bonne.
– Oh ! putain ! On dirait la fille qui joue dans...
– Dans quoi ?
– Non, rien, un truc... Là, maman, elle a aucune chance...
– Claire est très jolie, Julien.
– Moi, je ne trouve pas.
– Forcément, tu es son fils. Je n'ai jamais trouvé ma mère jolie, tu sais, ni attirante.
– Mamie ?
Julien ricana doucement. Sa grand-mère s'était éteinte peu avant sa naissance, il ne l'avait connue qu'en photo.
– Elle devait pourtant l'être, enchaîna Olivier, pour que mon père...

– Il avait combien d'années de plus qu'elle, le vieux ?

– Je ne sais pas.

– Autant que toi avec Stéphanie ? demanda Julien en lui rendant sa photo.

– Non, beaucoup plus. Il est mort, je n'avais pas un an.

Ils se remirent à manger silencieusement. Julien était euphorique, mais il n'aurait pas su dire pourquoi. Olivier, dont le cœur cognait, tentait de mettre un peu d'ordre dans ses émotions. Son fils le bousculait de façon cavalière et caricaturale, il en était blessé mais ne voulait pas le remettre à sa place de peur qu'il s'éloigne et se ferme. Devait-il lui annoncer maintenant que Stéphanie était enceinte ? Cela pouvait donner une certaine gravité à leur conversation, mais qu'adviendrait-il si Julien continuait sur ce ton ? Olivier risquait de se mettre en colère, d'exploser, de l'injurier, ce qui reviendrait à l'exclure durablement de sa vie auprès de Stéphanie.

– Tu crois que tu vas avoir un autre enfant ? intervint soudain Julien.

– Un enfant ?

Olivier se sentit débusqué, comme violemment dépossédé.

– Attends, commença-t-il, je voudrais...

Mais à quoi bon ? Il s'interrompit. D'ailleurs il n'avait plus qu'un filet de voix, c'était grotesque. Julien, décidément, savait déjà tout de lui, il enfonçait ses défenses les unes après les autres. Un barbare. Il voulait sa peau depuis toujours. Rien ne lui résisterait.

– Ça ne va pas, papa ?

– C'est rien. Excuse-moi, je reviens dans une minute.

Il gagna les toilettes et s'aperçut qu'il tremblait. Mais pourquoi ? Avec sa cruauté inconsciente et abrupte, Julien venait de résumer son destin à la triste répétition de celui du « vieux », allant jusqu'à deviner l'étape suivante, l'enfant. Il avait tout vu, tout compris, bien avant son père. Olivier n'avait rien prémédité de l'entreprise implacable de destruction-reconstruction commencée cinq ou six semaines auparavant. Il y avait eu ce coup de couteau, comme un signal, et puis les événements s'étaient enchaînés de telle manière qu'il en avait été le jouet. Il avait cru inventer l'avenir en séduisant Stéphanie, en lui faisant un enfant, il n'avait peut-être fait qu'obéir à une sorte d'instinct. Instinct de mort ou de survie, comment savoir ?

Après un moment, Julien le rejoignit. Olivier était en train de pratiquer cet exercice respiratoire qu'on recommande aux parturientes pendant les douleurs. Alors son fils eut ce geste d'homme pour lui enlacer les épaules et l'entraîner. C'était la première fois.

– Viens, murmura-t-il, je t'ai commandé un café, il va refroidir.

6

L'avion atterrit à la nuit au Guatemala. Des militaires casqués les encadrèrent jusqu'au terminal, il ne semblait pas qu'on ait prévu de bus à cet effet. Ils avaient fait escale à Mexico où étaient descendus la plupart des passagers embarqués à Paris. Rémi constata qu'ils étaient le seul couple parmi la trentaine de voyageurs restants. Estelle marchait légèrement en avant de lui, elle ne savait rien des secrets de ce voyage mais elle avançait en confiance. Il en éprouva un élan d'émotion, de tendresse. À un moment, dans l'avion, elle lui avait emprunté son guide touristique et l'avait vaguement feuilleté. Si on a le temps, lui avait-il dit, pointant la carte du doigt, on ira se baigner là, dans le lac. Elle avait souri sans plus de commentaires. Depuis qu'était établie son incapacité à enfanter, depuis la démission des médecins, elle s'en était remise à Rémi pour l'adoption. Elle ne le questionnait pas, ou rarement, mais elle l'écoutait, et l'accompagnait s'il le fallait.

Parvenue dans le hall, la petite troupe, qui paraissait somnoler, se dispersa subitement, chacun biaisant et se ruant au mieux de ses jambes vers l'unique guichet de la police, si bien qu'ils se retrouvèrent les derniers dans la file d'attente. Rémi ressentit cela comme une marque d'hostilité, il prit Estelle par la taille et l'attira contre lui. L'aérogare était plongée dans une demi-obscurité. Du plafond bas et délabré tombait par endroits une lumière équivoque, tramée d'un bleu-gris hostile à l'œil. Il flottait dans l'air un mélange d'odeurs corporelles et de relents de cuisine, aucun des ventilateurs ne fonctionnait plus. Des soldats désœuvrés à la peau sombre, la mitraillette en bandoulière, allaient et venaient, écrasant de leurs rangers les écorces de fruits qui jonchaient le sol. Une foule avait dû patienter là dans l'après-midi.

Le policier notait l'identité de chacun des arrivants et divers renseignements qui l'amenaient sans cesse à disparaître dans une pièce annexe. Quand il en poussait la porte on entrevoyait plusieurs de ses semblables dans la clarté crue des néons, certains le crâne nu derrière de robustes machines à écrire, d'autres debout, une canette à la main. Le fonctionnaire devait aimer cette ambiance car il ne cachait pas son amertume d'avoir à reprendre son poste. La file s'épuisait enfin quand trois de ses collègues surgirent de l'extérieur chassant devant eux un homme qu'ils agenouillèrent pour ainsi dire en lui tordant les bras dans le dos. Le prisonnier, qui n'avait plus aux pieds qu'une claquette, laissait échapper des couinements stridents de cochon. Il fut précipité dans la pièce et on ne l'entendit plus.

Rémi sut gré à Estelle de faire très exactement comme si elle n'avait rien vu de cette scène horrifiante. Derrière son guichet, le policier secoua longuement la tête, l'air de désapprouver formellement qu'on puisse couiner de la sorte dans un aéroport international, puis il cala à nouveau son derrière sur la chaise et expédia les derniers candidats.

Ils furent soulagés d'être dehors et s'enfuirent à pied vers le centre-ville. Il n'était pas tard et cependant les rues étaient étrangement vides. Ils longèrent des maisons basses et colorées, éclairées de loin en loin par un réverbère. La chaussée était défoncée ici ou là, il fallait prendre garde à ne pas trébucher. Ils allaient côte à côte, leur sac sur le dos, évitant de parler. Bientôt de petits immeubles aux fenêtres barreaudées succédèrent aux habitations des faubourgs. Puis les trottoirs apparurent et de part et d'autre des enseignes de commerçants. Très peu étaient illuminées, mais Rémi les accueillit avec gratitude.

– Maintenant il faut trouver le siège du téléphone, dit-il, l'hôtel est en face.

Ils tournèrent un moment. Le centre était à peine plus électrifié que les quartiers lointains. Tours et masures se côtoyaient ici dans un chaos stupéfiant, laissant le ciel nocturne s'engouffrer dans de profondes crevasses. La ville paraissait se relever péniblement d'un désastre. Les hommes qu'ils croisaient étaient ivres pour la plupart, et les rares automobilistes qui circulaient roulaient vite, prenant soin de ne pas ralentir aux carrefours. Enfin, ils découvrirent l'hôtel, des grilles en défendaient l'accès. Un homme en civil, chemisette blanche et revolver à la ceinture, vint leur ouvrir. Deux autres se tenaient à l'accueil, visages et cheveux lisses, vêtus de costumes sombres. Rémi eut le pressentiment d'un danger en constatant qu'on venait de refermer à clé derrière eux et il s'entendit demander bêtement, d'une voix faussement enjouée de représentant, pourquoi donc aucune femme ne travaillait à la réception de cet établissement.

– Elles travaillent le matin, monsieur, lui rétorqua-t-on froidement en lui tendant les fiches de police.

Estelle avait-elle éprouvé la même appréhension ? Il nota qu'elle avait les tempes moites et le regard fixe, mais ce pouvait être la fatigue. En tout cas, elle n'avait rien dû saisir de son trouble puisque par chance elle ne parlait pas un mot d'espagnol.

Ils dormirent séparément cette nuit-là, ils avaient l'un et l'autre besoin d'être seul pour se reconstituer.

Un soir tard, tombant par hasard sur les dernières minutes d'une émission de télévision, Rémi avait entendu un magistrat français dénoncer avec virulence ce qu'il appelait la « filière guatémaltèque ». Il assurait comprendre les couples à bout d'espoir qui y recouraient, mais c'était encourager néanmoins, disait-il, il fallait le savoir, un trafic contraire au respect le plus élémentaire des droits de l'homme. Il avait noté le nom de ce magistrat et n'avait eu aucun mal à le retrouver. Au téléphone, il s'était fait passer pour journaliste au *Soir* de Bruxelles, soucieux de dénoncer le scandale. Il s'était dit prêt à enquêter sur place s'il le fallait. Faites attention quand même, l'avait mis en garde le juge, certaines des plus hautes autorités de l'État ont un intérêt financier personnel à ce trafic et, croyez-moi, ce ne sont pas des enfants de chœur. Rémi lui avait arraché plusieurs noms dont celui d'un avocat, José-María de Peredal.

Il lui avait été plus difficile d'obtenir les coordonnées d'un couple rentré de là-bas avec un enfant.

C'est un des journalistes de l'émission de télévision qui les lui avait données, tout en lui précisant que ces gens n'avaient pas voulu apparaître sur le plateau. Ils habitaient Montpellier. Au téléphone, Rémi s'était présenté sous sa véritable identité. La femme n'avait pas été désagréable, mais elle avait refusé de le rencontrer, refusé surtout de lui raconter ses démarches, ses contacts. Comprenez-moi, avait-il insisté, j'ai besoin de savoir, je ne connais rien à ce pays, ni personne... On n'a qu'un désir quand on en revient, avait-elle répliqué après un silence, c'est d'oublier. À votre tour, essayez de me comprendre. Au moins est-on sûr de rapporter un enfant ? s'était écrié Rémi. Oui, pratiquement, si vous consentez à certains sacrifices.

Il avait eu conscience en raccrochant d'être tout près d'entrer dans l'illégalité, dans une certaine forme de clandestinité. Il s'était demandé si les « sacrifices » dont avait parlé cette femme ne risquaient pas de pervertir durablement, à jamais peut-être, leur vie future auprès de l'enfant. Puis lentement, au fil des jours, il avait pris son parti de cela aussi. Il fallait gagner la guerre qu'ils avaient engagée et ils ne l'emporteraient pas dans la légalité, dans le respect des règles, cela apparaissait de plus en plus évident. Les risques, les dangers, étaient le prix à payer. Il paierait.

À seize ans, son propre père, fils d'un général demeuré fidèle à Vichy, s'était enfui de chez lui pour rallier les « terroristes » qui assassinaient en pleine rue des officiers allemands. Lui aussi avait pris tous les risques, et au premier chef celui de passer pour un traître aux yeux des siens, comme au regard de cette France qu'on vénérait chez lui. Cependant l'Histoire, et la morale, lui avaient donné raison. Rémi n'avait aucun désir de se comparer à son père, homme de pouvoir élitiste et pontifiant pour qui, de ses quatre fils, il était le seul à ne pas avoir réussi, mais il constatait, après lui, qu'au gré de la vie on pouvait ainsi se trouver confronté à des choix que tout concourait à condamner, jusqu'à la violence qu'ils exigeaient qu'on se fasse à soi-même, alors qu'ils étaient clairement la seule échappatoire à la résignation.

José-María de Peredal vint lui-même leur ouvrir. Ses bureaux étaient au onzième étage d'une tour climatisée jaillie comme par miracle d'un quartier en démolition. On leur avait déconseillé de prendre le premier taxi venu, la femme de la réception avait jugé préférable d'en appeler un de sa connaissance, de sorte qu'ils étaient en retard. Long, les traits fins, vêtu d'un costume croisé à l'européenne, l'avocat fit bonne impression à Rémi. Il écouta ses excuses avec componction, jetant par instants un œil intrigué à Estelle qui semblait absente, et les pria de le suivre.

– Rappelez-moi l'objet de votre visite, dit-il quand ils furent assis.

Rémi en éprouva une brusque sensation de vide.

– Mais vous êtes bien maître de Peredal ? balbutia-t-il.

– Si, si.

– Je vous ai appelé plusieurs fois depuis Paris. Pour une adoption...

– Oh !.. Vous n'êtes pas italiens ?

– Non.

– Qui vous envoie ?

Il s'était raidi, il ne souriait plus.

Rémi donna le nom du couple de Montpellier et l'avocat parut se rappeler d'eux, en effet. Ou peut-être fit-il semblant.

– Je vous écoute, souffla-t-il.

L'idée traversa Rémi que l'homme plutôt chaleureux qu'il avait eu au téléphone trois ou quatre fois n'était pas celui-ci. Alors il pouvait être dangereux de parler. Il fut tenté de prendre Estelle par la main et de partir. Un moment, il soutint silencieusement le regard tendu et troublé de cet étranger, puis bravant le vertige, il s'entendit commencer le récit de leurs dix années d'espoirs déçus. Il s'exprimait sans retenue, d'une voix un peu forte pour dissimuler son émotion, exactement comme il l'avait fait à maintes reprises devant les médecins, et cependant il savait que son interlocuteur ne lui voulait aucun bien. Il le savait, et sans doute Estelle l'avait-elle deviné dès le vestibule. Plus tard, se remémorant l'impudeur de son long monologue, secrètement blessé de s'être livré et cherchant à comprendre ce qui l'y avait poussé, il se dirait qu'il avait voulu les sauver en habillant de vérité l'un des épisodes les plus dégradants, les plus humiliants de leur quête d'enfant.

– Je vais prévenir, dit à la fin l'avocat. Vos amis vous ont-ils avertis pour les frais ?

– Non, vous, par téléphone, dit Rémi qui cette fois le fusilla du regard.

– Ah bien, bien.

L'avocat eut quelques secondes de flottement et Rémi eut alors la certitude que deux hommes se cachaient bien sous la même identité. Mais pourquoi ?

Où était donc passé celui qui avait eu ces mots inoubliables lors de leur dernier contact, ces mots dont la trivialité, paradoxalement, l'avait rasséréné : « Dans la mesure du possible, nous essayons de satisfaire tous nos clients » ?

Enfin, José-María de Peredal composa un numéro devant eux.

– *Quiero hablar con la señora, pásemela*, dit-il sèchement.

Il s'écoula un moment puis on perçut nettement l'apostrophe d'une femme autoritaire :

– Allô ?

Alors Rémi entendit leur hôte expliquer qu'un couple de Français venait d'arriver à l'improviste, probablement des clients de Renato. À l'autre bout du fil, la femme l'interrogea, puis elle haussa brusquement le ton. On ne saisissait pas ce qu'elle disait, mais il était clair qu'elle était en colère, et plus montait cette colère plus l'avocat paraissait au supplice. Sans doute espérait-il qu'elle allait au moins convenir qu'il n'était pour rien dans cette affaire, car il répétait inlassablement : « *Son clientes de Renato, sí, sí, son clientes de Renato.* » Renato devait être l'homme avec lequel Rémi s'était entendu.

Puis soudain, relevant une paupière sur Estelle, l'avocat confia à son interlocutrice, un ton plus bas :

– *No se preocupe, señora, la chica está aquí también.*

La chica ! Il parlait d'Estelle comme d'une très jeune fille, Rémi réprima un sourire. Il supposa que la présence d'Estelle attestait aux yeux de la femme qu'ils étaient un véritable couple d'adoptants, sans doute avait-elle eu affaire récemment à des visiteurs moins bien intentionnés – mais qui ? Sûrement pas la police locale puisque la filière avait la bénédiction de l'État. Maintenant la conversation se poursuivait plus sereinement, la femme devait s'être résignée à trouver une solution. L'avocat acquiesçait.

– *Tienen la plata seguro ?* murmura-t-il à brûle-pourpoint, la main sur le combiné.

Ils avaient l'argent, oui.

Après cela, tout fut conclu très vite. L'avocat raccrocha, griffonna quelques hiéroglyphes sur une feuille et la leur tendit.

– Soyez demain matin à cette adresse.

Ils n'eurent pas le loisir d'échanger un mot en sortant. Sous le soleil blanc de midi une noria d'engins à chenilles fracassaient rageusement les restes d'un lotissement, soulevant un nuage suffocant que la moiteur de l'air maintenait en suspens. En contrebas, d'autres hommes et d'autres engins travaillaient aux fondations d'un second édifice. Il fallait traverser la fureur ahurissante de ce chantier pour rejoindre la route asphaltée et Rémi regretta de ne pas avoir demandé au taxi de les attendre.

Ils marchèrent longtemps dans la terre poussiéreuse, puis sur la route, agitant le pouce, et quand quelqu'un voulut bien les prendre en pitié, ils trouvèrent la force de courir. C'était un camion de légumes aux flancs bariolés, dont le moteur cognait et crachait une fumée noirâtre, ils grimpèrent l'un et l'autre sur le banc de bois à côté du chauffeur.

– *Turistas ?*

– *Sí*, cria Rémi, et il offrit une cigarette.

Ils étaient hors d'haleine, tout le corps poisseux. Jusqu'à l'arrivée dans le centre ils se turent parce qu'il n'y avait pas de portes à ce camion et qu'il aurait fallu hurler pour couvrir le bruit du moteur, le souffle chaud de l'air.

– Après ça, dit soudain Estelle comme ils s'immobilisaient enfin à un carrefour, je m'installerais bien à une terrasse.

Mon Dieu, cette phrase ! Pendant des années elle l'avait répétée, cette phrase exactement, en sortant de ces séances à l'hôpital où parfois ils se déshabillaient et faisaient l'amour en prenant garde qu'on ne les entende pas des autres box, où d'autres fois elle s'agenouillait et le masturbait. Il leur était même arrivé de feuilleter ensemble les magazines spécialisés que les infirmières déposaient là discrètement en cas de panne. Après ça, disait-elle, je m'installerais bien à une terrasse. Pendant des années, oui. Il la revit plus jeune, finissant de se rhabiller, prenant avec lui le parti d'en rire.

Elle l'avait sûrement dite machinalement, sans se douter. D'ailleurs, à quoi faisait-elle allusion ? À ce retour bringuebalant en camion, ou à la conversation qu'ils venaient d'avoir chez l'avocat ? Il se demanda ce qu'elle en avait compris, tiens, de cette conversation, et soudain, pour la première fois, le sentiment qu'elle n'était plus avec lui le traversa. Elle l'était physiquement, oui, sans doute, mais si étrangère, et tellement silencieuse. Tellement silencieuse. Ce silence cachait-il autre chose qu'une confiance aveugle en lui, comme il l'avait cru, qu'une confiance aveugle en la réussite d'un combat qui n'en finissait plus ? Pourquoi ne l'avait-elle pas interrogé en sortant par exemple ? Elle aurait pu le faire dans l'ascenseur, puis dans le hall d'entrée spacieux et frais de la tour, mais au lieu de ça elle s'était précipitée tête baissée dans la fournaise, comme si surtout elle ne voulait rien entendre, rien savoir. Il y avait longtemps qu'elle ne le questionnait plus. L'avait-elle jamais fait ? Au début, si. Quand le temps des médecins et de l'hôpital avait pris fin, Rémi avait commencé seul les démarches d'adoption. Alors elle venait aux nouvelles à sa façon, brutale et pudique et, dès qu'il cherchait à la réconforter, elle s'enfuyait ou changeait de sujet.

Elle m'accompagne, elle me suit, mais elle n'est plus avec moi comme elle l'était au temps de l'hôpital, se dit-il. Le camion les laissa à proximité du marché et deux rues plus loin ils s'attablèrent dans une échoppe. Il était sous le coup de sa découverte, sonné, mais par ailleurs éduqué à se tenir, à ne pas se laisser déborder par ses émotions.

– Terrasse guatémaltèque, chuchota-t-il en se penchant à l'oreille d'Estelle.

La table était sale et les chaises bancales. Elle sourit dans le vide, ne releva pas. Ils commandèrent des Coca. À quoi pensait-elle ? Pourquoi ne l'interrogeait-elle plus ? Pourquoi le laissait-elle seul ? Elle avait abandonné à un moment, mais lui n'avait pas repéré ce moment, il avait poursuivi le combat en leurs noms à tous les deux. Avec un aveuglement buté, se reprocha-t-il. Il avait voulu croire qu'elle continuait d'attendre cet enfant, alors qu'elle ne l'évoquait plus, jamais. D'ailleurs, elle consacrait toute son énergie à son travail maintenant, il n'y avait plus aucune place pour un enfant dans l'espèce d'enfermement qu'elle entretenait. À n'importe quelle heure du jour on la dérangeait. Tandis que Rémi, lui, ne construisait aucune œuvre. Bien au contraire, il avait laissé filer sa vie, ouverte aux quatre vents, intimement persuadé que l'arrivée d'un enfant était le seul événement fort à en espérer, après Estelle, après l'amour qu'il portait à Estelle.

Elle pensait qu'ils devaient rentrer en France par le premier avion, là, tout de suite, que rien ne justifiait qu'on fréquentât ce genre d'individu. Rien, et surtout pas un désir d'enfant. Elle en voulait à Rémi de ne pas l'avoir compris à la seconde où cet homme leur avait ouvert sa porte. Mais elle venait aussi de mesurer jusqu'où il était prêt à aller pour leur donner cet enfant, et cela la remplissait d'un chagrin qu'elle ne maîtrisait pas. Tantôt ce chagrin submergeait sa colère, noyait tout en elle, et alors elle sentait qu'elle pouvait perdre pied d'un instant à l'autre, éclater en sanglots et ne plus s'arrêter, jamais, anéantir d'un coup ce lourd, ce précieux échafaudage qu'elle avait édifié mois après mois, année après année, et qui la maintenait debout. Tantôt au contraire le chagrin aiguisait sa colère et elle était tout près d'exploser. Le plus grand péril était là, elle le savait, dans ce torrent d'amertume qui les emporterait tous les deux si elle y cédait. Entre les sanglots et les mots horrifiants qu'elle refoulait, elle appelait silencieusement au secours, mais lui ne l'entendait pas.

Elle le vit allumer une cigarette, puis sortir de sa poche le papier que leur avait donné l'avocat. Elle l'observa qui lisait cette adresse. Il tirait sur sa cigarette puis revenait à cette grosse écriture. Il semblait chercher à deviner ce qui se cachait derrière les lettres, mais au lieu de se rassurer auprès d'elle, il méditait seul. À un moment, elle vit que ses lèvres remuaient, comme celles des hommes dans le métro parfois, ceux qui la touchaient parce que leurs visages reflétaient cette impuissance, ce découragement qu'elle avait croisé chez son père, et brusquement elle sentit le besoin de lui dire qu'elle tenait à lui. De le lui dire vite. Tant de dangers les menaçaient à présent. Il était insupportable de l'imaginer seul, sans elle, secrètement abattu. Ils avaient été si proches, si complices, quand ils y croyaient encore tous les deux.

– Rémi, souffla-t-elle.

Il eut l'air incrédule d'un homme qu'on tire de sa rêverie, puis comprenant qu'elle n'ajouterait rien, qu'elle avait la gorge nouée, il prit son visage entre ses mains et l'embrassa tendrement sur le front, sur les paupières.

Ils regagnèrent à pied leur hôtel. Ils pensaient manger en chemin, prendre leur temps, mais un vent brûlant se leva subitement, soulevant des tourbillons poussiéreux, secouant les tôles ondulées des baraquements, jetant bientôt toute la ville dans une folie de veille d'apocalypse. Comme le ciel se couvrait de plus en plus, ne laissant plus filtrer qu'une clarté verdâtre, les gens se mirent à courir et les automobilistes à klaxonner plus furieusement encore qu'à l'ordinaire, on les aurait dits pris de panique. Eux s'amusaient de cette agitation, le vent s'engouffrait sous la robe d'Estelle, les fouettait de revers ou au contraire les précipitait en avant, ils devaient hurler pour s'entendre. Quand, aux premières gouttes, ils s'avisèrent de se mettre à l'abri, les trottoirs s'étaient vidés comme par enchantement ; seules quelques voitures, tous feux allumés, filaient encore à tombeau ouvert.

Le gardien de l'hôtel les vit venir de loin. Ils couraient au milieu de l'avenue transformée en torrent. La chica lui parut nue sous sa robe détrempée et il eut envie d'elle. C'est pourquoi il les accueillit presque joyeusement, lui qui n'était pas homme à plaisanter. Rémi le reconnut à sa chemisette impeccable et au pistolet qu'il portait à la ceinture. Ils échangèrent quelques considérations sur la violence des aguaceros dans ce coin du monde, puis Rémi surprit son regard sur le ventre d'Estelle et il dit qu'ils devaient monter se changer maintenant.

Ils s'aimèrent pendant l'orage avec une avidité particulière, comme s'ils avaient été longtemps privés l'un de l'autre, ou qu'ils avaient failli se perdre. Quand Estelle s'endormit, il se mit à la fenêtre. La pluie faiblissait.

On les fit patienter dans un vaste séjour curieusement paré à la manière suisse de meubles massifs en bois vernissé recouverts ici ou là de napperons au crochet, d'une cheminée de grosses pierres artificiellement noircies et de lourdes tentures. Tout cela reposait dans un silence légèrement oppressant au fond duquel vrombissait sourdement un climatiseur. Enfin la porte fut ouverte par un domestique et la señora Rosita Pachano Lalama apparut. C'était une femme d'une cinquantaine d'années, boulotte mais outrageusement apprêtée, étonnamment conforme à l'image que Rémi s'était faite d'elle. Comme ils s'étaient levés pour la saluer, elle les pria de se rasseoir avec une pointe d'agacement et sans les lâcher des yeux. Il était clair que la conversation téléphonique de la veille n'avait pas totalement dissipé ses soupçons. Elle demanda à voir leurs passeports, s'enquit de leurs professions, puis interrogea Rémi sur les différentes équipes médicales qu'ils avaient consultées. Plus la discussion allait, plus elle se détendait, se faisant un plaisir de lui montrer qu'elle connaissait tous ces médecins français aussi bien que lui. Elle le prit même de vitesse au détour d'une phrase, précisant que ceux-ci étaient bien de Lyon, n'est-ce pas ? Oui, ils l'étaient en effet

– Bon, dit-elle à la fin, nous sommes embêtés actuellement par ces organisations internationales qui se prétendent... humanitaires.

– Ah ! fit Rémi.

– Ces gens ne veulent pas comprendre que nous avons beaucoup d'enfants, ici, ils préféreraient peut-être que nous les noyions ou que nous les laissions crever de faim...

Alors elle s'absorba dans la contemplation de ses ongles longs. Elle semblait de nouveau exaspérée. Rémi se tut, il respirait difficilement depuis un moment. Il avait répondu à toutes ses questions, soucieux de gagner sa confiance, et maintenant qu'elle lui était acquise, c'est lui qui flanchait, tout ça le dégoûtait. Il nota qu'Estelle, rencognée dans un magistral fauteuil à fleurs aux appuis-tête latéraux garnis de guipure, les bras croisés et la mèche sur l'œil, scrutait leur hôtesse avec cette expression de courroux, presque de dégoût, qu'il connaissait bien, et cela accrut son trouble.

– Pour vous dire, reprit la señora Pachano Lalama,

qu'il faut attendre que les choses se calment un peu. Mais j'ai confiance, nous avons confiance, et je crois que de votre côté...

– Bien, l'interrompit-il.

Sans l'avoir explicitement décidé, il se leva pour prendre congé. La femme parut ne pas comprendre, elle poursuivit ses explications, puis réalisant brusquement qu'ils s'enfuyaient l'un et l'autre comme des voleurs, elle bondit sur leurs talons et se mit à les menacer. Qui étaient-ils pour oser s'introduire ainsi chez des personnes honorablement connues ? Qui les envoyait ? Elle allait appeler la police pour qu'on les contrôle, son propre frère à la Sécurité, au ministère...

– C'est ça, c'est ça, maugréait Rémi, appelez donc la police.

Lui aussi paraissait avoir perdu les pédales.

Dans la rue, Estelle fut frappée par sa pâleur.

– Tu as vu ça, cette vieille piquée ! s'exclama-t-il. Puis feignant d'en rire : On tombe sur de ces phénomènes, hein ? Viens, il y a des caméras partout dans son bunker...

Deux au moins surveillaient les abords de la grille qu'ils venaient de franchir. Ils s'éloignèrent, mais pour quelle raison s'arrêtèrent-ils après deux ou trois cents mètres seulement alors que tout aurait dû les pousser à disparaître au plus vite ? Rémi se retourna, comme pour s'assurer qu'on ne les suivait pas, et puis il s'immobilisa. Pourtant, il ne se passait rien de particulier dans la rue. Estelle le lui fit remarquer. Il chercha ses cigarettes, mais sans bouger, comme s'il ne l'avait pas entendue, elle en prit une aussi, de sorte qu'ils se retrouvèrent à fumer tous les deux dans la torpeur matinale de ce quartier résidentiel. Et soudain, là-bas, la grille s'ouvrit, libérant une silhouette féminine. Elle marcha vers eux. Ils virent que c'était une très jeune fille, et à l'instant où elle allait passer Estelle se fit la réflexion qu'elle devait être enceinte. Rémi aussi le pensa, sinon il ne l'aurait pas abordée, devait-il confier à Estelle.

– Excusez-moi, dit-il, vous connaissez la señora Pachano Lalama ?

– C'est la maison blanche, fit-elle en se tournant à demi et en la désignant du menton.

– Vous êtes sa fille peut-être ?

– Non, je ne suis pas d'ici.

– D'où êtes-vous ?

– De Granados.

– Ah !

Comme il se taisait, la jeune fille croisa un instant le regard sombre d'Estelle. L'excès de rimmel et le rouge aux pommettes lui donnaient un air de poupée déguisée, elle ne devait pas avoir plus de quinze ans.

Elle les salua vaguement et reprit son chemin.

– Attendez ! cria Rémi, nous allons vous raccompagner.

Alors pour la seconde fois elle se retourna, une lueur d'inquiétude lui traversa le visage.

– La señora Pachano Lalama... commença-t-elle.

– Oui, nous l'avons vue, nous sortons de chez elle.

– Vous êtes les Français ?

– Oui.

Elle parut affolée, bredouilla quelques mots auxquels il ne comprit rien et s'en alla pour de bon.

Rémi sembla hésiter, mais à peine avait-elle disparu

au coin de la rue à droite qu'il s'élança. Estelle le suivit. Elle supposa que la jeune fille avait énoncé une énormité dont il voulait avoir l'explication. Quand à son tour elle s'engagea sur la droite, Rémi revenait à sa rencontre à grandes enjambées.

– C'est arrangé, elle nous attend au terminal des bus, souffla-t-il, viens vite.

Il ne prit pas la peine de lui en dire plus. Il l'entraîna à travers ces rues vides qui n'en finissaient plus. Enfin, un homme qui lavait sa voiture leur indiqua comment rejoindre la nationale. Là, ils furent pris en stop par un officier qui leur déconseilla de recommencer du fait des agissements de la guérilla. Un couple de touristes allemands avait disparu récemment dans la région de Quezaltenango. Rémi traduisait machinalement pour Estelle, assise à l'arrière, mais il avait l'air de se foutre absolument de ce que racontait l'officier. Elle se souviendrait qu'il était ailleurs, se passant nerveusement la main dans les cheveux, surexcité.

En réalité, il n'osait croire qu'elle les attendrait, et Estelle fut témoin de son soulagement quand il l'aperçut un peu à l'écart de la foule qui patientait parmi les cartons grossièrement ficelés, les balluchons de linge, les lessiveuses, les volailles.

Elle était bien là, oui, mais comme traquée, apeurée. Rémi se mit à lui parler d'eux, d'Estelle et de lui, mais il était manifeste qu'elle n'était pas en état de l'écouter. Il le comprit, lui dit qu'ils allaient simplement l'accompagner jusqu'à Granados, parce que c'était un joli nom, Granados, vraiment, et puis ils rentreraient par le premier autocar si elle ne voulait plus les voir. Qu'elle n'avait rien à craindre d'eux. Elle ébaucha un vague rictus sans cesser de surveiller les va-et-vient des gens de ses yeux trop grands pour son visage étroit.

Il y avait près de trois heures de voyage jusqu'à Granados, dans la chaîne centrale. Elle était assise deux rangs devant eux. À l'arrêt de San Juan où des enfants vendaient des gâteaux et une femme du café, elle s'installa seule à l'ombre d'une baraque. Rémi acheta un beignet et le lui porta, Estelle se dispensa de l'accompagner. Les propos qu'il venait de lui tenir sur cette expédition précipitée étaient incohérents : il disait vouloir oublier au plus vite cette Rosita Pachano Lalama et son réseau d'avocats marrons, mais un instant plus tard il prétendait vouloir faire la lumière sur la provenance des enfants. Estelle ne parvenait pas à s'intéresser à cette histoire, à son brusque emballement pour cette jeune fille, elle était soulagée que cette tentative d'adoption ait échoué, elle en prenait lentement conscience et cela, pour le moment, lui occupait l'esprit.

En arrivant à Granados, la jeune fille dit qu'il fallait marcher maintenant, et elle partit en avant sans les attendre. Ils quittèrent le bourg par une rue pentue que les pluies avaient profondément ravinée, de sorte qu'ils devaient zigzaguer entre bosses et crevasses. Les quelques enfants qui jouaient là s'écartaient sur leur passage, puis comme Rémi les saluait, plaisantait parfois, certains souriaient. Les adultes aussi les regardaient monter depuis le seuil de leurs maisons basses badigeonnées de vert ou de bleu, et on devinait qu'en reconnaissant la chica, devant, ils se demandaient ce qu'elle fabriquait avec ce couple d'étrangers.

Passé les dernières habitations, Rémi lui fit remarquer qu'elle ne leur avait pas dit son nom. Alors elle daigna se retourner.

– Alicia Dominguez, fit-elle avec une moue insolente.

Elle n'avait plus peur, elle était chez elle.

Plantée au milieu du chemin, les épaules couvertes d'une mantille rouge d'où surgissait un jabot immaculé qui lui enserrait le cou, la taille ceinte d'une jupe noire qui flottait gauchement au-dessus des genoux du fait de la proéminence de son ventre, elle éveilla à cet instant en Rémi un élan de tendresse, de désir aussi, qu'il ne parvint pas à dissimuler.

– Alicia, répéta-t-il, troublé, Alicia... C'est joli, ça te va bien en tout cas...

Il s'était arrêté à quelques pas d'elle. Cette jeune fille enceinte, ingénument indécente, incarnait sans doute ce qu'il avait le plus espéré du corps d'Estelle. Or il croyait deviner en elle le même acharnement à s'en sortir seule, la même colère entêtée contre le destin qui n'avaient jamais cessé de l'émouvoir chez Estelle. Mais peut-être se trompait-il, aveuglé par le ventre d'Alicia, par la félicité inouïe que lui procurait la rondeur de ce ventre.

Alicia reprit l'ascension du chemin avant qu'Estelle ne les ait rejoints, si bien que celle-ci ne fut pas témoin de l'éblouissement de Rémi. Elle ne devait en prendre conscience qu'un peu plus tard, alors qu'ils bavardaient sur le talus avec la mère de la jeune fille.

Cette dernière les reçut avec méfiance, puis elle céda au charme de Rémi. Les deux femmes habitaient une des cinq ou six constructions de torchis qui composaient un hameau misérable au-dessus de Granados. Rémi expliqua qu'ils avaient rencontré Alicia par hasard devant la villa de la señora Pachano Lalama et que la seule vue de la jeune fille l'avait réconforté parce que la señora elle-même ne lui avait pas fait bonne impression. – Elle est de la famille du président, dit un ton plus bas la mère. – Ah ! je ne savais pas, reprit Rémi. – Elle s'occupe des pauvres ici, dit encore la mère, c'est une femme de qualité. – Bon, bon, acquiesça Rémi, mais Alicia aussi est une jeune fille de qualité, de grande qualité ! Le compliment parut attendrir la mère qui jeta un œil amusé en direction de la maison où s'était éclipsée sa fille.

Elle proposa qu'ils s'assoient dans l'herbe, elle pouvait leur servir de l'eau citronnée. Quand Alicia reparut, négligemment vêtue d'un tee-shirt distendu et d'un pantalon de survêtement, pieds nus, la mère racontait que le médecin qui devait l'avorter l'avait envoyée chez la señora, lui laissant entendre qu'elle ne le regretterait pas. Et en effet, avec l'argent promis en échange du bébé, elles allaient acheter une meilleure maison, dans le village, en bas.

Estelle ne cherchait pas à comprendre ce que disait la mère, et comme Rémi ne le lui traduisait pas, elle laissait errer son regard sur les toits serrés de Granados, et sur la plaine au-delà. Elle vit revenir Alicia et nota qu'elle s'asseyait un peu à l'écart, comme elle l'aurait fait elle-même. Alors elle se mit à l'observer avec une pointe d'intérêt, et c'est à ce moment qu'elle surprit sans le vouloir son manège silencieux.

Alicia avait perçu le trouble qu'elle inspirait à

Rémi. Elle voulut capter son attention, et quand elle y parvint, elle le fixa gravement, avec une telle intensité qu'Estelle eut la certitude qu'elle poursuivait avec Rémi un dialogue muet dont le début lui avait échappé.

7

Émergeant lentement du sommeil, Pascale eut le vague espoir de découvrir Jean-Xavier auprès d'elle. Elle allongea le bras et fut encore une fois déçue. Se réveiller seule chaque matin, et ce dimanche en particulier, ravivait un dépit qu'elle était habituée à surmonter mais dont elle pensait, au fond, qu'il empiétait injustement sur son droit au bonheur. Elle ressentait le besoin d'un moment de tendresse avant de commencer la journée, que Jean-Xavier l'enlace, qu'elle puisse elle aussi le toucher, le respirer. Parfois, c'était un désir plus sensuel, comme ce matin, et alors elle avait plus de mal à le dépasser.

Elle se souvint qu'au tout début ils n'auraient pas imaginé se lever avant de s'être étreints, même brièvement. Puis Jean-Xavier s'était lancé dans ce long travail d'écriture qu'il menait aux premières heures du jour, avant de partir pour le bureau, et par la force des choses ils ne s'étaient plus aimés que le soir. Elle regrettait l'amour ingénu du matin, les caresses maladroites, cet appétit de l'autre qu'on assouvit dans l'instant, émerveillé du grain de sa peau, de le trouver là surtout, encore ensommeillé et déjà plein d'un désir innocent.

Neuf heures passées et pas un bruit, ils respectaient religieusement son sommeil. Depuis toujours. Ç'avait été l'un des premiers combats de Jean-Xavier. « Votre maman dort, les enfants, apprenez à jouer silencieusement. » Jean-Xavier, si aimant, si attentif, et cependant inflexible sur son emploi du temps, sur ses obligations. Jamais elle n'avait osé, par exemple, entrer dans son bureau à l'aube pour lui dire qu'elle avait envie de lui. Elle le croyait incapable de folie. Si elle lui reprochait quelque chose, secrètement, c'était ça, son incapacité à bousculer ses propres règles, à tout envoyer paître momentanément. En même temps, elle n'avait pas pris le risque d'essayer... Et si elle y allait, là ? « Jean-Xavier ?.. » Elle se le figura relevant le nez de son manuscrit sur sa nuisette, un peu éberlué par ce débarquement de luxure dans ses affaires privées, et célestes, ô combien célestes. Elle rit toute seule. Elle était parfaitement réveillée maintenant. Bon, tant pis, elle devait simplement veiller à ce que son insatisfaction, et la rancœur sournoise qui en résultait, ne nuise pas à l'harmonie familiale.

Elle enfila son peignoir et découvrit Gwenaelle dans la cuisine en train de feuilleter un magazine.

– Bonjour ma chérie, tu as déjeuné ?

– Non.

– C'est toi qui es allée chercher les croissants ?

– Ben oui.

– Tu es mignonne. On déjeune ensemble alors...

Elle l'embrassa au passage puis remplit la bouilloire et la mit sur le gaz.

– Tu as vu Théo ?

– Il travaille.

Elle s'assit sur la gauche de Gwenaelle et du bout des doigts écarta la mèche blonde qui lui cachait un œil.

– Qu'est-ce que tu vas faire aujourd'hui ?

– Je ne sais pas.

– Et si on allait voir Claire à Senlis ? Ça fait plusieurs jours que je veux l'appeler...

– Bof.

– On pourrait pique-niquer, il va faire très beau... Remarque, tu n'es pas forcée de venir si ça t'ennuie.

– J'ai pas dit que ça m'ennuyait... Il y aura Julien ?

– Comment veux-tu que je le sache ?.. Je te sers ton thé ?

– Oui, s'il te plaît.

– Il est encore trop tôt pour téléphoner, mais s'il sait que tu viens il peut très bien être là.

– T'as rien compris ! Je veux bien vous accompagner si Julien n'est pas là justement.

– Gwenaelle !

– Mais t'as vu comment il marche ? On dirait un paon avec ses petits cheveux mouillés en l'air, là...

D'une main, elle singeait la crête de Julien tout en swinguant du buste, et Pascale éclata d'un rire bref.

– N'empêche qu'il est mignon, dit-elle.

– Il est mignon, mais il a l'air tellement bête !

Elles finissaient de manger quand Jean-Xavier apparut. Il les embrassa machinalement l'une et l'autre et souleva le couvercle de la bouilloire pour y jeter un œil. Des gestes discrets et mesurés dont Pascale connaissait l'enchaînement. Il allait se faire une tasse de thé et retournerait s'enfermer. En attendant que l'eau frissonne, il s'adosserait à la paillasse et acquiescerait distraitement si elle s'avisait de lui parler, souriant mais l'esprit ailleurs. Il se dispensait de cravate, le dimanche, mais pour le reste il s'habillait comme tous les jours de la semaine, veste patinée et pantalon de flanelle confortable. Jamais elle n'avait pu le convaincre d'adopter le jean. Elle aurait pu dire que cette absence de fantaisie l'agaçait, mais elle aurait pu dire le contraire aussi, que cette indifférence têtue à l'air du temps, que cette élégance sans éclat, étaient la marque de Jean-Xavier, l'expression d'une sérénité et d'une force d'âme qui le plaçaient à ses yeux au-dessus des autres hommes.

– Mon chéri, dit-elle, je pensais qu'on aurait pu s'inviter chez Claire à midi.

– Oui, pourquoi pas ?

Elle continua de l'observer, la tête légèrement penchée sur le côté, comme si elle attendait une suite. Si Gwenaelle n'avait pas été présente, elle aurait peut-être cédé, là, à son envie confuse de le brutaliser. Il lui était arrivé de s'engager sur ce terrain, mais très vite effrayée par ses propres mots, elle s'était enfuie en bafouillant de vagues excuses. Cela cachait un désir insidieux de l'avilir, de les avilir l'un et l'autre, qu'elle ne maîtrisait pas, qu'elle ne s'expliquait pas surtout. Tout au plus comprenait-elle qu'elle aurait parfois souhaité que Jean-Xavier soit plus fragile, plus à l'écoute de lui-même, plus humain en fait.

– Bon, je vais prendre un bain, conclut-elle en se levant.

Cette idée d'aller chez Claire perturba Jean-Xavier. Il s'était figuré travaillant jusqu'au déjeuner, puis pique-niquant en famille sur le balcon comme ils le faisaient traditionnellement aux beaux jours. Après ça, Pascale serait allée s'allonger une heure ou deux et lui se serait promené avec Gwenaelle au Jardin des plantes. Pour une glace ou une gaufre Gwenaelle acceptait encore de l'accompagner, mais elle grandissait vite, ça ne durerait pas, et la fin prochaine de ces promenades dominicales qui avaient rythmé la croissance des enfants l'affectait singulièrement. Quand il méditait sur les années, il s'imaginait cheminant seul à travers les mêmes allées et cela le remplissait de nostalgie, bien plus que les rides qui embellissaient le visage de Pascale, il en était émerveillé, ou que ses tempes à lui qui se dégarnissaient.

Il voulut se remettre à écrire mais la contrariété l'avait éloigné de son manuscrit. Alors il songea à Claire, à la rupture brutale du couple qu'elle formait avec Olivier. Pour Jean-Xavier, Olivier et Claire faisaient partie de ces gens qui ne parvenaient jamais à maîtriser le cours de leur vie. Ils en étaient les jouets, jetés l'un vers l'autre par le hasard, arrachés l'un à l'autre par le même hasard. Il avait de la compassion pour ces êtres ballottés, d'autant plus de compassion qu'il pensait que leur malheur venait de ce qu'ils n'avaient pas une idée suffisamment élevée d'eux-mêmes pour oser exiger l'accomplissement de leurs rêves les plus ambitieux, les plus secrets. Ils se satisfaisaient de ce que le hasard mettait à leur portée. Élevé par un grand-père généralement considéré comme « le père de l'Europe », autant dire un monument, Jean-Xavier avait très tôt appris que les choses devaient se plier à la volonté des hommes, et non le contraire. Il n'avait pas pour autant une haute idée de sa personne, mais il en avait le respect. Son refus des blue-jeans, dont la vulgarité le heurtait, comme sa certitude, à dix-neuf ans, qu'il était parfaitement digne d'être aimé de Pascale, relevaient de ce respect. La beauté de Pascale affolait ou décourageait alors les garçons, dans tous les cas elle les privait cruellement de naturel. Lui l'avait connue à la Cinémathèque, à l'occasion d'une rétrospective Truffaut en présence du réalisateur. À la fin du débat, Pascale avait été de ceux qui avaient entouré François Truffaut. C'est à ce moment que Jean-Xavier l'avait remarquée, depuis le fond de la salle. D'abord cet équilibre, dont il ne se lassait pas, entre la courbe fragile de la nuque sous la masse des cheveux dorés, grossièrement noués, et les lignes pures d'un profil qui avait conservé de l'enfance une façon ingénue, si touchante, de se tendre vers l'autre. Il s'était approché, avait contourné le groupe pour la considérer tout à son aise et, là, il avait été ébloui. Il arrive que la grâce donne une lumière particulière à certains visages, celui de Pascale semblait avoir capté pour l'éternité un de ces rayons d'été matinaux qui vous font croire à la splendeur du monde.

Il quitta son bureau, franchit le corridor en automate et tomba sur Gwenaelle qui rejoignait sa chambre.

– Tu n'as pas vu Pascale ?

– Elle prend son bain, papa, elle te l'a dit.

– Ah ! c'est vrai.

Il frappa, l'oreille contre la porte.

– Ça va, Pascale ?

– Oui. Tu peux entrer, c'est ouvert.

Elle se préoccupait de ses cils, habillée déjà, dressée

sur la pointe des pieds pour être plus près des feux de la glace.

– Tu ne travailles plus ?

Elle le laissa rassembler sa chevelure, la relever. Comme il se taisait, elle se tut aussi. Il l'observa de profil, elle aussi l'observait, mais dans le miroir, immobile et droite maintenant. Il était ému. Elle, non. Elle ne savait pas, elle attendait.

– Tu te souviens de ce dîner avec François Truffaut ? dit-il.

Elle sourit. Le réalisateur avait proposé qu'ils terminent la soirée tous ensemble dans une brasserie du Trocadéro, ils s'y étaient retrouvés à plus de vingt. Il était vite apparu que Pascale et cet homme de près de cinquante ans se défendaient difficilement d'une attirance mutuelle. Elle s'était assise en face de lui, Jean-Xavier en bout de table, de sorte qu'il les avait à l'œil. Truffaut tournait alors *La Femme d'à côté*, il raconta, et Jean-Xavier s'identifia à la seconde au mari trompé. Pascale lui échappait à l'instant où il la découvrait. Il sut patienter jusqu'à la fin du repas, et au moment des au revoir, sur le trottoir, malgré Truffaut, il se présenta et sollicita la permission de l'inviter à déjeuner, « un de ces jours prochains, mademoiselle ». « Avec plaisir », dit-elle, sans prendre la peine de réfléchir. Elle était émue par sa soirée, et peut-être un peu ivre.

– Je ne te dis pas assez combien je t'aime, déclara-t-il gravement.

– Oui, c'est vrai. Dis-le-moi alors...

Elle avait pivoté pour lui mettre les bras autour du cou.

– Dis-le-moi, mon chéri, répéta-t-elle, rejetant la tête en arrière, se moquant de sa solennité.

Elle avait raison, il manquait dramatiquement d'humour.

Assis sur la plus haute marche du perron, Claire et Julien les guettaient. Ils avaient bourré deux paniers d'œufs durs, de salades, de fromages et de fruits, ils les emmèneraient pique-niquer dans la clairière, au milieu des bois. Deux heures plus tôt, après le coup de fil de Pascale, Claire s'était ostensiblement réjouie de leur venue. Depuis le départ d'Olivier, elle éprouvait une satisfaction ambiguë à montrer à son fils que leurs amis d'autrefois ne la lâchaient pas, et en particulier Pascale et Rémi, les « historiques » d'Olivier. Cette fidélité était à ses yeux une façon implicite de l'innocenter dans l'esprit de Julien, de lui rendre justice : elle n'était pas celle par qui le malheur était arrivé, la preuve ! Et, cependant, il lui était secrètement pénible de revoir ces témoins d'une autre époque, de croiser ou d'imaginer seulement de la compassion dans leurs regards. Dans l'univers intime de Claire les femmes se tenaient, elles ne pleuraient pas, du moins en publie, et si elles étaient appelées à s'apitoyer, c'était sur le sort d'un époux momentanément blessé, certainement pas sur elles-mêmes. Claire reconnaissait aux hommes le droit de flancher parce que eux seuls livraient bataille, les femmes demeuraient à l'arrière, aimantes et consolatrices. Cette éthique d'un autre temps, elle l'avait reçue de ses parents. Dans les limbes de sa mémoire d'enfant subsistaient quelques images tendres et poignantes de son père durant son ultime permission, avant sa mort, en Algérie. Puis l'incroyable force de sa mère quand elle avait appris : « Papa ne reviendra plus, Claire. »

Elle n'était pas celle par qui le malheur était arrivé, mais pour le reste elle n'avait jamais eu un mot désobligeant à l'égard d'Olivier. Elle ne l'évoquait plus, ou seulement pour se réjouir qu'il revoie son fils.

Julien le premier entendit le bruit d'une voiture. Ils se dressèrent l'un et l'autre. Ainsi ils pouvaient surveiller le chemin de terre par-dessus la haie. C'étaient eux en effet. Julien se précipita, mais quelque chose retint Claire à l'instant où Pascale et Jean-Xavier surgissaient en souriant de l'habitacle. Une vision lointaine, nauséeuse : l'allégresse affectée de sa mère volant au-devant de ses invités, le dimanche à midi justement, dans leur pavillon modeste de Courbevoie. Des couples un peu empruntés, toujours, l'homme en uniforme, comme le père disparu de Claire dont à un moment du repas on prononcerait le nom. Ils avaient tous un bon prétexte pour s'en aller tôt, aussitôt bu le café, et il aurait fallu être aveugle pour ne pas comprendre qu'ils accomplissaient là une obligation morale d'assistance et de solidarité.

Si maîtresse d'elle-même depuis la disparition d'Olivier, Claire sentit fondre ses forces. Elle ne bougeait pas, témoin pétrifié des effusions d'une famille heureuse autour de son fils. Elle vit Pascale embrasser Julien, puis s'enquérir, la chercher des yeux, et son regard soudain rencontra le sien. Plus tard, Pascale daterait son affection pour Claire de ce regard, du désarroi qu'elle y surprit. Quinze années durant Claire n'avait été pour elle qu'une hôtesse bienveillante, prévisible, dont le mérite essentiel était d'avoir rendu à Olivier l'appétit de vivre. Elle existait donc ailleurs, différemment.

Pascale planta là les autres, accourut et, enlaçant Claire, lui dit les premiers mots qui lui venaient à l'esprit :

– Ne me regarde plus jamais comme ça... Si j'étais un garçon, tu me ferais complètement craquer !

Et elle partit de son rire en cascade. Claire aussi se mit à rire, sans comprendre.

À son tour Gwenaelle l'embrassa, puis Jean-Xavier. Théo et Julien s'attardaient encore sur le chemin.

Il apparut dans la bousculade qu'on allait prendre un verre avant de s'enfoncer dans les sous-bois.

– Bon, installez-vous au jardin, je m'occupe de tout, dit Pascale.

Mais Claire naturellement la rejoignit dans la cuisine.

– Les verres sont là, tu sais ?

– Oui. Comment va Julien ?

– Il a grandi. D'un seul coup. Il est moins dans ses trucs d'adolescent.

– Et toi ?

– Je n'ai pas envie d'en parler.

– Je t'ai trouvée très belle tout à l'heure.

Claire eut l'impression que Pascale utilisait avec elle le ton qu'elle employait habituellement pour s'adresser à Olivier : tendre, et peut-être légèrement possessif.

Seul Jean-Xavier prit un transat, les autres s'assirent dans l'herbe. Comme Théo passait le bac la semaine suivante, on parla de lui. Il dit à ce propos qu'il allait rester travailler pendant qu'ils iraient pique-niquer, si

Claire voulait bien lui passer une chambre. Julien offrit la sienne. Alors Claire, retrouvant ses accents d'épouse, nota qu'elle avait renoncé à pénétrer dans cet antre. On rit, mais le cœur n'y était pas. D'ailleurs, Julien rappela à sa mère qu'il tenait désormais sa chambre rangée. C'est vrai, je suis idiote, convint-elle, et il y eut un silence pendant lequel Pascale observa à la dérobée la confusion de Claire.

C'est Pascale qui proposa qu'on y aille maintenant. Gwenaelle et Jean-Xavier prirent le plus lourd des paniers, chacun par une anse. Julien s'empara du plus petit. Il marchait en avant, manifestement satisfait de les guider. Les deux femmes se laissèrent distancer.

– Vous allez partir un peu cet été ? demanda Pascale.

– Je ne crois pas, non, je n'ai rien prévu. Julien est invité quelques jours chez un copain...

– Tu ne nous accompagnerais pas en Bretagne ?

– Je préfère rester seule. Rémi m'a proposé aussi... Vous êtes vraiment gentils, tous.

– Remarque, c'est tellement joli ici...

Claire ne releva pas. Ils avaient quitté les hêtres, ses arbres préférés, qui formaient une nef émouvante et grandiose au-dessus du chemin, et depuis un instant ils traversaient une partie qui avait été reboisée en conifères. Elle trouvait les conifères inélégants, et même un peu vulgaires, au contraire d'Olivier, et de Pascale apparemment. Elle sourit en songeant qu'elle ne l'avait jamais dit à Olivier pour ne pas gâcher le plaisir qu'il éprouvait à venir ici avec elle. Un jour comme celui-ci, ils se seraient allongés dans les aiguilles de pin chaudes. – On est bien, tu ne trouves pas ? – Si. Il aurait cherché la main de Claire et se serait peut-être endormi une heure ou deux. Elle se remémora si vivement ces scènes qu'elle étouffa un gémissement. Parfois la souffrance lui tombait ainsi dessus à l'improviste et dans ces moments-là elle se voyait chuter parce qu'elle n'avait rien préparé pour sa sauvegarde, rien prévu à quoi se retenir. Le plus douloureux était encore le manque physique d'Olivier, ses mains qui ne la cherchaient plus justement, qui ne la touchaient plus. Il lui arrivait, certains soirs, d'interpréter naïvement son retour, de se donner la réplique, et cela jusqu'au plaisir qui la préparait au sommeil.

– Je me demandais... dit-elle. Est-ce qu'Olivier n'a pas été amoureux de toi à une époque ?

– Si. Il y a longtemps. C'était avant...

– Avant Hélène ?

– Oui.

– Et toi ?

– Si tu veux savoir si on a couché ensemble, c'est non. D'ailleurs, j'avais déjà rencontré Jean-Xavier... Mais on a dû s'embrasser deux ou trois fois.

– Malgré Jean-Xavier ?

– Oui... Elle rit. Je devais hésiter entre les deux.

Du temps d'Olivier, Claire n'aurait jamais eu cette conversation avec Pascale. Alors ça ne l'intéressait pas de regarder en arrière. Mais maintenant que leur vie s'était arrêtée, si. Elle prenait un plaisir tantôt macabre, tantôt sensuel, à ressusciter tel ou tel détail, à reconstituer ce qui avait bien pu se passer dans sa tête à lui, ou dans la sienne, pour qu'ils se soient disputés un certain après-midi... Ce désir que Pascale avait ressenti pour Olivier suscita dans l'instant une envie d'intimité chez Claire. Si elle avait osé, elle aurait demandé à Pascale de lui raconter par le menu ces deux ou trois baisers. Oui, et à travers son récit elle aurait secrètement, sensuellement, approché Olivier. Mais elle n'osa pas.

Ils avaient disposé la nappe dans un coin ombragé de la clairière. Claire fut en même temps soulagée et dépitée d'y arriver ; Pascale n'avait plus ouvert la bouche, laissant s'installer entre elles une tension trouble.

Jean-Xavier le perçut, sans doute, car les voyant venir il eut cette remarque :

– C'est dans ces moments-là que Rémi nous manque, non ?

Claire sourit, et Pascale, esquissant un pas de danse :

– Oh ! non. Je le trouve chiant ces derniers mois ! Il faudrait qu'il se renouvelle un peu, vous n'êtes pas de mon avis ?

– Si, dit Claire. Au fait, ils doivent être rentrés, j'ai failli les appeler hier soir...

Ils se turent, et Claire se souvint qu'elle était ici la maîtresse de maison, qu'on déjeunât dehors n'y changeait rien, et elle chercha désespérément que demander à Jean-Xavier. Sa mère avait une phrase, toujours la même, pour marquer son intérêt aux hommes galonnés du dimanche : « Et votre nouveau commandement, Henri ? » Le nouveau commandement monopolisait une bonne partie du repas. On parlait ensuite des enfants.

C'est Julien qui la tira d'embarras.

– Je ne te l'ai jamais dit, Jean-Xavier, mais j'ai un prof qui te ressemble, c'est trop.

– Ah bon !

– Ouais, exactement comme ça, calme et tout, fit-il en lissant ses hanches.

– Pas vraiment désopilant, tu veux dire ?..

– Non, je ne sais pas, l'air plutôt de s'emmerder, tu vois...

– J'ai l'air de m'emmerder ?

Pascale, qui venait de s'asseoir et n'avait pas prêté attention au début du dialogue, leva soudain un regard amusé sur Julien. Claire aussi l'observait.

– On ne sait jamais à quoi tu penses, reprit-il. Tiens, papa, je sais tout de suite s'il est content ou de mauvais poil. Tandis que toi...

– Ouais, ça c'est vrai, l'interrompit Gwenaelle, papa il est tout le temps à chantonner et quand tu lui demandes un truc : Hein ? Quoi ? Pardon, ma chérie, tu peux répéter s'il te plaît...

Pascale se mit à glousser, évidemment.

– Je tiens à dire solennellement que je ne m'emmerde jamais, trancha Jean-Xavier.

– Toi, répliqua Gwenaelle, mais nous, si, figure-toi. Tu veux jamais rien faire.

– Je ne veux jamais rien faire ?

L'idée effleura Jean-Xavier de mettre en avant le Jardin des Plantes, mais c'était prendre le risque de se ridiculiser, il en convint à part lui en constatant que Gwenaelle avait beaucoup grandi décidément. On devinait la pointe de ses seins. Alors il chercha les autres choses qu'il aimait faire en famille et il ne trouva que Douarnenez, l'été.

– C'est faux, dit-il, j'ai beaucoup de plaisir à partir pour Douarnenez avec vous, par exemple.

– Oui, oui, exulta Gwenaelle, et arrivé à Douarnenez,

monsieur s'enferme dans son bureau, exactement comme à Paris !

– Ça, tu ne peux pas dire le contraire, intervint doucement Pascale en tendant le bras pour lui caresser le poignet.

Jean-Xavier se tut et commença de servir la salade dans les assiettes en carton. Ça n'était pas la première fois que Gwenaelle raillait son immobilisme, mais c'était la première fois qu'il remarquait ses seins, ce qui signifiait qu'elle quittait l'enfance. Se reprochant secrètement d'engloutir tout son temps libre dans ses travaux d'écriture, il s'était maintes fois répété qu'il aurait le loisir, quand son livre serait fini, de partir à l'aventure avec ses enfants, de découvrir des gens et des paysages exceptionnels, de parler avec eux enfin. Or il n'avait rien vécu de la sorte avec Théo, et il ne le ferait pas non plus avec Gwenaelle, c'était trop tard. Il avait entrepris ce livre pour restaurer l'image effacée de son père et il lui vint à l'esprit que de fil en aiguille c'est sa propre image de père qu'il avait en partie ruinée dans l'histoire. Comme si le grand-père, mécontent d'être débiné à longueur de pages par ce petit-fils qu'il avait choisi d'élever lui-même, l'avait à son tour privé de sa paternité.

Chacun mangeait silencieusement maintenant. Jean-Xavier leva discrètement un œil sur sa femme ; le buste droit, une jambe repliée sous sa robe, elle continuait de sourire en mastiquant, le regard dans le vague. À quoi pensait-elle ? S'ils avaient été seuls, il le lui aurait demandé. Elle, au contraire de Gwenaelle, ne lui avait jamais reproché de s'enfermer pour écrire. Au début, elle lui avait même facilité les choses. Théo venait de naître quand le besoin de faire ce livre était apparu ; Pascale avait exigé tendrement d'assurer seule les changes et les biberons de nuit, estimant qu'ainsi chacun serait à sa juste place. Sans doute imaginait-elle à l'époque, comme Jean-Xavier d'ailleurs, que c'était une affaire de quelques mois et qu'il sortirait de là réconcilié avec la paternité. Seize ans plus tard, il y était encore. Rédigé d'une écriture hésitante au début, comme prisonnière des tâtonnements de la mémoire – le père de Jean-Xavier, exilé au Chili, ne revenait en France qu'une ou deux semaines par an – le livre était assez vite devenu la mise à mort du grand-père avant de s'embraser, celui-ci anéanti, en une extravagante exploration du monde, émerveillée parfois, mais le plus souvent incrédule et désenchantée. Plus Jean-Xavier avançait, plus il flottait, et même se noyait certains jours, effrayé de ne découvrir que désordres et hasards, jusque dans les domaines où son grand-père lui avait vanté les mérites de la raison.

À quoi pensait-elle ? Je ne lui dis pas assez combien je l'aime, songea-t-il pour la seconde fois de ce dimanche. Il jugea qu'elle était adorable dans sa robe légère, son chignon défait, assise dans les herbes hautes, et fut aussitôt frappé du nombre d'heures – des milliers sûrement – qu'il avait préféré consacrer à son manuscrit. Ce pouvait être la preuve d'un caractère bien trempé, d'une pugnacité peu banale, ou l'aveu d'une connerie stupéfiante. Un autre en aurait ricané, peut-être, mais lui n'était pas cynique. Et, soudain, il se fit la réflexion qu'ils ne faisaient plus guère l'amour, Pascale et lui, alors qu'en réalité, il le constatait à l'instant, il était plein de désir pour elle. Comment cela s'expliquait-il ?

À quoi lui avait-il servi d'explorer les connaissances du vaste monde, des années durant, s'il était incapable de répondre à cette simple question : pourquoi, ayant envie de sa femme, ne lui faisait-il plus l'amour ?

– C'est délicieux, Claire, dit-elle.

– Oui, vraiment, renchérit Jean-Xavier. Et ton travail, ça va ?

Claire lui sut gré de relancer la conversation, d'autant qu'il y avait du nouveau à la bibliothèque municipale, on les informatisait enfin. Elle raconta. Pascale l'interrogeait beaucoup ; Jean-Xavier, lui, ne parvenait pas à suivre, mais il eut la surprise de découvrir à Claire un charme particulier. Quelque chose avait dû se briser dans le regard, ou dans le port de tête, qui lui conférait une fragilité assez émouvante.

Quand Pascale s'allongea de telle façon que sa nuque reposât sur les cuisses de Jean-Xavier, Claire se détourna légèrement, puis elle dit qu'elle allait marcher un peu, avec les enfants s'ils voulaient bien l'accompagner. On prendrait les fruits plus tard, pour le goûter.

Elle les emmena au lac. Comme Julien ne se préoccupait pas de Gwenaelle, elle se crut obligée de la faire parler. Oui, Gwenaelle passait en cinquième, cette année elle n'avait pas été la meilleure, mais ça allait quand même. Et Douarnenez ? Eh bien elle était contente d'y partir parce qu'elle retrouvait chaque été les mêmes copines. Bon, mais la maison n'était pas trop loin de la mer au moins ? T'es jamais venue ? s'étonna Gwenaelle. Elle est tout près, tu vois, tu prends la petite rue des cabines de bain... Elle ramassa un bâton et dessina dans la terre, sur le chemin, la mer, la petite rue et la maison. De la chambre de papa et maman, on la voit, même, la mer, dit-elle en se rengorgeant. Claire sourit.

– Qu'est-ce que vous foutez ? demanda Julien, dix mètres en avant.

– Gwenaelle me faisait un plan de Douarnenez.

Plus tard, elle leur raconta que son arrière-grand-père, au début de sa carrière, avant de devenir le père de l'Europe, avait été député de Bretagne, c'est dans ces circonstances qu'il avait acheté cette maison.

– On l'a étudié en histoire, ton arrière-grand-père, dit Julien.

– Oui, il est très connu.

Arrivés au lac, ils s'assirent un moment à proximité d'un pêcheur qui semblait s'être assoupi.

– Je ne comprends pas comment ils peuvent rester là à se faire chier toute la journée, observa Julien.

– C'est vrai, convint Gwenaelle, en plus ils sont tout gros à force... et elle éclata de rire.

– Chut ! siffla furieusement le pêcheur qui ne dormait pas.

Claire s'excusa d'une mimique désolée.

Au retour, Julien et Gwenaelle se décidèrent à bavarder. Claire entendit son fils expliquer que l'an prochain il serait souvent le week-end à Paris, chez son père, et elle perçut aussitôt l'affolement de son cœur, l'impuissance soudaine de ses jambes à la porter trois pas de plus.

– Continuez sans moi, je fais pipi et je vous rejoins, trouva-t-elle la force de leur crier.

Ils regagnèrent la maison en fin d'après-midi, à la lumière frisante. Les sous-bois s'embrasaient, traversés de rayons orangés. À plusieurs reprises Pascale s'extasia, prenant Claire à témoin. Les enfants marchaient loin devant, Jean-Xavier et elle se tenaient étroitement enlacés, de sorte que renvoyée à sa solitude, Claire eut bientôt le sentiment que Pascale se donnait tout ce mal par compassion. Elle n'en pouvait plus en arrivant, et c'est sûrement ce qui explique son étonnante rebuffade venant d'une femme résolue à ne rien céder.

Cela se passa au moment des adieux. Déjà Jean-Xavier était au volant. Alors Pascale s'approcha de Claire et la prenant par les épaules :

– Ces jours prochains, je vais être beaucoup là, appelle-moi, ça me ferait plaisir qu'on ait un après-midi ensemble avant les vacances.

– Je ne crois pas que je t'appellerai, rétorqua sèchement Claire, je veux bien te voir en amie, mais la pitié... non.

Un instant déconcertée, Pascale lui posa un doigt léger sur la bouche.

– Je n'ai pas pitié, j'ai vraiment envie d'un après-midi avec toi.

8

Ils étaient rentrés d'Amérique centrale depuis l'avant-veille quand Estelle eut cet accident. Dans les minutes qui précédèrent elle savait qu'elle allait se blesser. Ça n'allait pas ce matin-là, à cause de Rémi, elle aurait dû renoncer à travailler, partir pour son café de Saint-Sulpice lire les journaux, mais ça n'était pas dans sa nature de renoncer, elle avait donc empoigné ses outils comme d'habitude.

Les derniers jours au Guatemala avaient été pénibles. Elle aspirait à retrouver son atelier, le silence des matins aux Lilas. Rémi s'agitait et parlait pour ne rien dire, des choses idiotes. Ou il attrapait Estelle par le cou, maladroitement, et l'entreprenait de façon incongrue : Ah ! mon Estelle ! je me demande ce que je deviendrais sans toi... Tu m'aimes ? J'espère, hein. Parce que la vie sans amour... On est heureux, tu ne trouves pas ?... Elle ne trouvait pas, non, mais elle se taisait, et elle évitait surtout de croiser son regard.

Reprendre les cours, après dix jours d'absence, n'avait pas calmé Rémi. Le matin de l'accident, incapable de s'asseoir cinq minutes en face d'Estelle, il lui avait tourné autour pendant qu'elle déjeunait, son flacon d'after-shave à la main, mimant par bribes inintelligibles les conseils de classe qui devaient démarrer l'après-midi même.

– Tu t'es coupé, Rémi.

– Où ça ?

– Sous le nez, tu saignes.

– Merde !

– Ne pose pas ton eau de Cologne dans mes tartines, s'il te plaît.

– Attends, je reviens...

Son départ aurait dû la soulager, il l'avait au contraire laissée mécontente d'elle-même, de sa passivité, de sa fausse indifférence. Tout était faux, entre eux, depuis quelque temps : les logorrhées de Rémi, comme cet air de rien qu'elle affectait. Là-bas, de l'hôtel, il avait écrit à Alicia, la jeune fille de Granados, et maintenant il attendait une lettre d'elle. Il tenait sur Alicia des propos raisonnables que son excitation permanente démentait. Il prétendait que la payer, elle, directement, pour qu'elle leur cède son enfant était bien différent que de payer la señora Pachano Lalama qui était une trafiquante. Il ne se rendait pas compte du sourire particulier qu'il avait en évoquant Alicia ; Estelle le reconnaissait. Elle pensait qu'elle devait lui dire qu'il était amoureux d'Alicia, que cela se voyait, mais elle en reculait le moment parce qu'elle avait peur de ne pas trouver les mots justes. Elle aurait voulu lui dire, par exemple, qu'elle comprenait son émerveillement venant d'un homme qui avait tant espéré voir s'arrondir le ventre de sa femme, mais quand elle s'imaginait confessant cela, cela surtout, c'est l'image d'une épouse sèche, pleine d'amertume, qui lui apparaissait. Ainsi l'indignité s'ajoutait-elle au chagrin.

Elle savait qu'elle allait se blesser. Elle frappait fort, mais les coups ne portaient pas. La pierre, puis le ciseau répercutaient douloureusement dans son bras gauche, comme un écho mauvais, la violence que sa main droite, crispée sur la masse, s'obstinait à libérer. Et soudain la masse chassa sur la tête du ciseau et vint s'écraser sur l'attache ronde et tendue de l'index. Les yeux d'Estelle s'emplirent instantanément de larmes. Elle posa ses outils à tâtons, entendit son ventre feuler véritablement, puis des sanglots, de vrais sanglots de femme, s'en élever. Jamais, même à la mort de son père, elle n'avait pleuré de cette façon. Elle avait toujours su endiguer la douleur, se tenir. Mais là, son corps la trahissait, il s'enfuyait, se détournait d'elle, ahuri d'une souffrance fruste hermétique à la pensée.

Plus tard, elle se souviendrait d'avoir couru à travers la cour, aveuglée par les larmes, brandissant son poignet gauche de la main qui venait de frapper et le secouant frénétiquement contre ses seins comme on implore le ciel, puis de s'être violemment cogné l'épaule en se ruant dans la cuisine. C'est dans cette pièce que petit à petit elle reprit conscience, étonnée bientôt de se découvrir recroquevillée dans un espace étroit et sale dévolu aux balais. Pourquoi avait-elle éprouvé le besoin d'aller se coincer là ? Elle s'essuya les yeux du revers de sa blouse, renifla, et approchant sa main blessée écarquilla les paupières pour mieux voir. La peau déchirée laissait deviner les cartilages, ça ne saignait pas. Elle ne souffrait plus, ou plutôt la souffrance semblait s'être diffusée dans tout son corps. Elle voulut se lever mais dut s'y reprendre à deux fois, elle était courbatue. En claudiquant, elle gagna le salon et s'assit précautionneusement dans un fauteuil. Il lui parut qu'elle venait ainsi de marquer son retour sur les voies balisées de la raison. Que devait-elle entreprendre maintenant ? Son regard parcourut la pièce et s'arrêta sur le téléphone. Voilà, elle devait appeler un taxi et se faire conduire à l'hôpital.

Une Peugeot 406 gris métallisé dans cinq minutes. Elle pensa à ses papiers, au chéquier, les enfourna dans son sac à dos. Quoi d'autre ? Sa main l'élançait de nouveau, cela lui faisait perdre la tête. Bon, tant pis. En traversant la cour elle trouva la lumière éblouissante et regretta de ne pas avoir pris ses lunettes. Et sa blouse ? Elle avait gardé sa blouse ! Elle la retira, là, tant bien que mal, puis pressa le pas en entendant enfler le son d'un moteur.

Le chauffeur vit tout de suite qu'elle avait beaucoup pleuré ; sur son visage couvert de poussière les larmes avaient causé un petit désastre.

– Ça va aller, je vais vous emmener très vite, dit-il.

À l'hôpital aussi elle fut bien reçue, c'était une heure calme aux urgences. On la pria de s'allonger, une infirmière vint lui faire une piqûre, une autre plus âgée lui passa une compresse humide autour des yeux et lui prit le pouls.

Elle écouta l'interne lui expliquer qu'il allait devoir immobiliser l'articulation et qu'en conséquence elle n'aurait plus l'usage de sa main durant trois ou quatre semaines.

Après l'intervention, on lui dit qu'elle pouvait rester se reposer une heure ou deux si elle en éprouvait le besoin, et elle eut la stupeur de s'entendre répondre oui, je veux bien.

Quand cesserait-elle de trimballer partout ce sentiment confus qu'elle n'avait pas droit au repos, qu'il lui fallait inlassablement se battre pour qu'on lui reconnaisse une place, que les gens étaient à son égard suspicieux et plutôt malveillants ? Tu vois bien, songea-t-elle, ils ne sont pas comme tu crois. Pas tous, en tout cas. Elle observa l'infirmière la plus âgée remettre de l'ordre sur la paillasse et eut envie de lui dire un mot gentil. Elle aurait aimé qu'elle s'assoie à son chevet et lui reprenne le pouls. Elle lui aurait confié qu'autrefois elle adorait quand sa mère... Non, certainement pas, elle était incapable de telles confidences. Mais revivre ce moment, simplement, secrètement, oui. Il lui fallait être malade pour que sa mère consente à venir perdre son temps auprès d'elle. Alors l'idée qu'elle était malade, justement, chemina lentement dans son esprit et elle envisagea de l'appeler. – Je te dérange, maman ? – Un peu, oui, mais je t'écoute. Rémi, ça va ? – Oui, c'est moi, j'ai une main en panne, je me demandais... – Tu ne peux plus travailler, c'est ça ? – Je suis surtout fatiguée, maman. Je me demandais... Ma chambre est libre en ce moment ? Évidemment non, elle ne serait pas libre, il y aurait dans son lit d'enfant un universitaire fraîchement sorti de Chine ou de Serbie. Estelle aurait le canapé. Et il faudrait écouter cet universitaire, prendre les journalistes au téléphone, les Américains – pourquoi les Américains avaient-ils toujours le ton enjoué ? –, les militants des droits de l'homme, les anciens du parti, entendre aussi le fax nuit et jour...

Elle dit qu'elle allait partir maintenant, qu'elle se sentait beaucoup mieux. Mais aussitôt dehors elle s'aperçut qu'elle pleurait. Le soleil. Le soleil lui avait toujours fait perdre ses moyens, et il était accablant. Elle ne s'en rendait pas compte les autres matins parce que son atelier était ombragé. Elle pensa qu'il devait être midi. À cette heure-ci, d'habitude, elle ne percevait plus la tension de ses reins, de ses bras, la fatigue et la faim commençaient à l'enivrer légèrement, c'était le meilleur moment, celui où la grâce la visitait parfois. La grâce ! Avec cette main emmaillotée... Elle tapa du pied puis pressa le pas, sans cesser de pleurer silencieusement. Elle était en train de mesurer tout le mal qu'elle s'était fait. Elle chercha ses cigarettes, se rappela qu'elle les avait oubliées dans la poche de sa blouse, alors la nécessité de se procurer du tabac la remit dans la vie. Où était-elle ? dans quel quartier ? Elle n'avait même pas prêté attention au nom de l'hôpital.

Elle était assise à une terrasse de café, rassasiée de cigarettes, quand l'endroit où elle voulait aller lui apparut clairement : ça n'était pas chez sa mère, dans sa chambre d'enfant, c'était dans son village de Croatie, avec les gens qui s'étaient réfugiés dans les caves de l'hôtel. Durant les quelques semaines qu'elle avait vécues là, six ans plus tôt, Estelle avait été éblouie par la propriétaire de cet hôtel. La communauté tenait par elle, sinon les familles se seraient enfuies, au risque de disparaître. Elle servait le pain et le café, cette femme, consolait les enfants sur ses larges genoux et distribuait aux hommes les corvées avec une gravité d'officier pendant la bataille. Estelle avait pris de plus en plus d'initiatives au fil de son séjour, désireuse, elle en était consciente, d'être bien considérée par elle. Bientôt son univers s'était trouvé réduit à cette quête d'estime, comme si le monde autour avait cessé d'exister, et embellie par son souvenir cette communauté enfouie demeurait à ses yeux une sorte de modèle idéal pour l'humanité, chacun sachant enfin précisément pourquoi il était ici et ce qu'il devait y faire. C'est à ce repos qu'elle aspirait.

Elle entra téléphoner. Il y avait un vol pour Zagreb en milieu d'après-midi. Elle avait le temps de repasser aux Lilas prendre quelques affaires. Ce soir, elle dormirait à Zagreb, et demain elle serait au village pour le déjeuner. L'hôtel avait été reconstruit, elle l'avait vu sur une des photos que lui avait envoyées le maire, et cependant c'était encore dans la cave qu'elle venait d'imaginer la femme la pressant sur son cœur. Comme si ces pauvres gens... Elle sourit. La paix avait dû les disséminer un peu partout dans le village, elle était disposée à l'admettre, même si cela entamait son émotion, son plaisir.

Elle évita sa blouse, en tas au milieu de la cour, bourra comme elle le put son sac, puis dans la cuisine se coupa un morceau de fromage qu'elle mangea sur une tartine en allant et venant. Alors elle se demanda ce qu'elle allait écrire à Rémi. Maintes fois elle s'était figurée le soutenant, le consolant, mais jamais qu'une luciole au ventre fécondé le détournerait d'elle. Là, elle n'avait pas les armes pour lutter. « Rémi, ce matin je me sentais misérable et laide, je n'ai pas osé te le dire. Ça ne m'était plus arrivé depuis qu'on vit ensemble. J'ai achevé le travail en me démolissant une main. J'essaie d'être drôle et légère comme tu l'es toi quand ça ne va pas, surtout quand ça ne va pas. Tu m'es très précieux. Je pars en Croatie. »

En sortant des conseils de classe, Rémi appela Stéphanie à France-Info. Il voulait joindre Olivier. Le matin, pendant ses cours, il avait été soudain pris de remords en se rappelant comment il lui avait raccroché au nez alors qu'Olivier lui annonçait qu'il allait avoir un enfant. Je ne devais pas tourner très rond, songea-t-il.

Il s'agite beaucoup en ce moment, lui dit Stéphanie, essayez chez moi, sinon prévenez la police. Il était chez elle. Rémi proposa de dîner le soir même. – Ça ne va pas être facile, mais d'accord. Puis il appela Estelle, mais il n'y avait personne aux Lilas. Il pensa qu'elle devait être au café et confia un message idiot au répondeur.

Pour se libérer, Olivier dut ajourner un dîner avec un généraliste dont la clientèle l'intéressait. Il avait très rapidement vendu son cabinet de Senlis et cherchait depuis à s'implanter dans Paris. Ces rendez-vous d'affaires étaient une épreuve pour un homme qui sortait de quinze années de vie provinciale, habitué de surcroît à refourguer à Claire les rares difficultés administratives qui lui tombaient dessus. Il avait essayé d'associer Stéphanie à ses recherches ; c'était un matin, au petit déjeuner, juste après sa douche.

– Je ne comprends pas pourquoi tu me racontes ce truc, lui avait-elle dit, repoussant du petit doigt une mèche mouillée qui lui cachait un œil, sans lâcher sa tartine de miel.

– Parce que j'aimerais que tu me retrouves à midi chez ce type.

– Attends, j'y suis pas là. Quel type ?

– Le médecin qui vend sa clientèle, Stéphanie.

– Le médecin... À midi, je vois papa. Il voudrait te connaître avant de mourir. Remarque, si t'as pas le temps, je lui passerai une photo. Bon, j'y vais, là.

Entendre seulement la voix de Rémi avait réconforté Olivier. Il avait mesuré d'un seul coup combien sa solitude était grande depuis quelque temps, et rares, pour ne pas dire inexistants, les témoignages d'amitié et de tendresse. Sa vie affective se résumait à Stéphanie. Elle ne se préoccupait pas d'organiser des dîners, des rencontres, comme le faisait Claire, de sorte que depuis qu'ils étaient ensemble ils n'avaient vu personne. Stéphanie elle-même était déconcertante. Dans le feu de l'accouplement elle donnait à Olivier le sentiment de l'aimer à en perdre l'haleine, et la raison, se livrant à des extravagances qu'il avait approchées avec Hélène, jamais avec Claire, mais aussitôt le plaisir passé elle réintégrait son univers, à bonne distance de celui d'Olivier. Je me mettrais à miauler ou à me tordre de douleur, se disait-il, là, sur le lit où dix minutes plus tôt etc., qu'elle partirait pour sa radio en me souhaitant une bonne journée.

Il lui arrivait, dans ces longues heures qu'il passait seul, enchaînant les rendez-vous, d'être la proie d'hallucinations : il habitait encore l'appartement sombre du quartier Saint-Lazare et Hélène l'y attendait. Même revenu à la réalité, le désir était fort d'aller revoir l'immeuble, de grimper à l'étage... Mon Dieu, Hélène ! La souffrance était intacte. Claire l'en avait protégé en étant constamment à ses côtés ; rendu à la solitude, il retournait sur ses propres traces comme si son existence à Senlis n'avait été qu'une longue parenthèse. C'est dans ces moments d'extrême fragilité où il pouvait croire que son cœur allait cesser de battre d'un instant à l'autre, que Stéphanie, l'assurance de Stéphanie, lui permettait de reprendre souffle.

Rémi l'attendait à table. Il lui sembla qu'Olivier avait maigri.

– Elle est marrante ta Stéphanie ! s'exclama-t-il en l'accueillant.

– Oui... Pourquoi tu dis ça ?

– Je l'ai eue au téléphone. Alors elle, on peut vraiment pas la soupçonner de se prendre pour ta mère !...

– Par rapport à Claire ?

Rémi riait, il n'entendit pas.

– Je la trouve belle, reprit bêtement Olivier qui, comme souvent, cherchait le ton juste confronté à l'euphorie un peu forcée de Rémi.

– J'espère bien !

– Et toi ?

– Magnifique ! Et en plus elle te fait un enfant ! On ne va pas pleurer, hein... Qu'est-ce que tu prends ?

Ils commandèrent.

– Ça va, Estelle ?

– Il faut qu'Estelle materne, tant qu'on n'aura pas résolu cette question...

– Et le Guatemala ?

– On a pris des contacts, mais c'est moins facile que je ne l'espérais.

– C'est bien que vous soyez solides comme ça tous les deux...

Rémi ne releva pas. Jamais il ne laissait la discussion s'engager sur son terrain. Leur amitié s'était construite autour des raccommodages de la vie d'Olivier, l'inverse paraissant incongru. Cela agaça brusquement Olivier parce que, en le ficelant d'entrée dans son prétendu bonheur, Rémi l'empêchait de lui confier combien il se sentait peu sûr de lui, finalement, après s'être pourtant sabordé sans états d'âme, et avec quel acharnement !

– Pourquoi tu ne réponds pas quand je te parle de toi ?

– Ah ! mais je veux bien répondre.

– Non. Tu adores confesser les autres, mais toi...

– Le problème, mon chéri, c'est que je n'ai rien à confesser.

– C'est ça, vous vous barrez dix jours au Guatemala chercher un enfant, vous rentrez les bras vides, et tu n'as rien à raconter...

– Oh ! tu sais...

Il prit une cuillerée de lentilles et n'acheva pas.

– C'est toujours moi qui raconte, reprit Olivier, ça me donne le sentiment de passer mon temps à me gourer, d'être une espèce de malade chronique, tu vois, tandis que toi tu aurais tout de suite su comment t'y prendre.

– Pas pour faire un enfant, en tout cas.

– Oui, excuse-moi. Les enfants viennent facilement chez moi, mais je divorce...

– Je ne suis pas à l'abri du divorce non plus.

– Non mais, écoutez-le, lui ! T'es raide amoureux d'Estelle... Je me demande d'ailleurs si votre quête permanente d'un enfant ne contribue pas à vous maintenir dans cet état, solidaires, amoureux.

– ...

– Ne réponds pas, surtout.

– Tu vas bientôt m'expliquer que les enfants contribuent à séparer les parents, fit Rémi avec un petit envol de la main gauche, comme pour signifier qu'Olivier était timbré.

– Non, mais quand on a réalisé tous ses rêves, on n'a plus rien à attendre, plus rien pour quoi se battre, se battre ensemble, et c'est probablement là qu'on commence à s'emmerder, à trouver tout médiocre autour de soi. Tu n'es pas d'accord ?

– Ça m'arrive aussi de trouver tout médiocre autour de moi.

– Tu fais semblant de ne pas comprendre...

– C'est toi qui ne veux pas entendre ce que je te dis.

Rémi ne plaisantait plus, soudain, il avait même l'air un peu pincé. Il tendit son assiette sale au garçon et demanda sèchement un décaféiné. Alors Olivier eut l'intuition que quelque chose n'allait pas et que pour une fois Rémi serait prêt à parler sans trop se faire prier. Ce fut lui qui renonça. Il avait suffisamment de soucis avec ses propres affaires, et s'il avait accepté ce dîner c'était bien dans l'espoir que Rémi l'aiderait à y voir plus clair, or, curieusement, il avait refusé le rôle. Tant pis.

Ils se quittèrent sur le trottoir, maladroitement, l'un et l'autre déçus.

En se découvrant à Zagreb, Estelle fut prise d'une

ardeur enfantine. Elle avait traîné dans les ruelles de la ville haute la veille au soir, un peu bu, et beaucoup fumé, regrettant vaguement d'être partie trop vite, se demandant surtout si elle ne se donnait pas tous ces prétextes – ce coup de marteau, ce voyage – pour éviter d'avoir à constater l'étendue de sa stérilité. Le somnifère s'ajoutant à l'analgésique qu'on lui avait prescrit à l'hôpital, elle venait de passer une nuit paisible et n'était plus maintenant qu'à son plaisir immédiat : gagner la gare routière et filer vers le sud. Il y avait trois heures d'autocar jusqu'à son village.

Les bus n'avaient pas cessé de fonctionner pendant la guerre. Même les communes situées sur la ligne de front avaient continué d'être desservies une ou deux fois par semaine. Cela avait créé un lien d'affection particulier entre Estelle et ces véhicules bringuebalants d'un autre temps, certains troués ici ou là de balles perdues, qui n'avaient jamais refusé de la transporter. Parfois ils n'étaient plus que deux ou trois voyageurs à tenir compagnie au machiniste.

Le soir où ils étaient arrivés à proximité de ce village qui devait tant compter pour elle, le chauffeur avait brusquement viré dans les sous-bois ; on tirait sur le bourg, et comme il y avait à ce moment-là un violent orage, on ne savait plus précisément d'où provenaient les déflagrations et les éclairs. Estelle et un couple âgé étaient descendus, l'homme du car s'était excusé de ne pas pousser plus loin. Tous les trois avaient marché sur la route détrempée et sous un ciel aux reflets mauves encore strié d'éclats fulgurants. La vieille et son vieux rentraient chez eux après un mois de repos chez une amie de Zagreb, lui l'avait expliqué à Estelle, il parlait quelques mots d'anglais. Elle avait obtenu de porter leur valise. Les premières maisons étaient apparues, portes closes mais toitures plus ou moins arrachées. Les rues étaient jonchées d'éclats de tuiles et de verre, de branches fauchées par les balles. Ils n'avaient pas croisé une âme jusqu'à la place, et là ils avaient découvert le clocher de l'église couché en travers du parvis. Curieusement, les aiguilles de l'horloge s'obstinaient à dire l'heure, rattrapant le temps par soubresauts. Elles paraissaient énormes vues de si près. La vieille s'était mise à pleurer silencieusement. Son mari avait alors repris leur valise et l'avait entraînée. Apeurée soudain, Estelle s'était entendue crier dans leur dos : « Attendez ! Est-ce qu'il y a un hôtel par ici ? » Le vieux s'était retourné et le lui avait montré, dans l'angle opposé de la place. Il devait savoir que des villageois habitaient les caves parce qu'il avait fait le signe de contourner la carcasse vide et noire de l'immeuble et de descendre.

Le bus la déposa à quelques pas de l'hôtel. Elle eut du mal à reconnaître la place. On avait remonté le clocher, l'horloge marquait midi vingt. Des massifs de géraniums délimitaient maintenant le parvis, on scellerait bientôt sa sculpture au milieu. Elle y songea, puis très vite l'oublia, touchée par l'élégance naïve et joyeuse des façades aux volets bleu pâle à demi clos qu'effleuraient les rayons du zénith. Ils avaient tout restauré, avec empressement et confiance, allant jusqu'à fleurir les balcons. Ainsi jamais leurs enfants ne retrouveraient la trace de ce qu'ils avaient vécu ici. Jamais. Ils avaient tout effacé. Le seul témoignage qui resterait de ces années serait l'œuvre d'Estelle, irréelle, sujette à caution, la Vierge réconfortant le soldat... Elle marcha vers l'église, son sac sur le dos, troublée, un peu ivre. Quand elle se retourna, l'autobus était parti, et devant l'hôtel un couple de touristes aux mollets nus, coiffés de chapeaux de paille, écoutait les explications d'une femme. Estelle crut la reconnaître. Elle devait indiquer une promenade, elle tendit le bras dans sa direction, mais son regard glissa sur Estelle et poursuivit sa course bien au-delà des toits, vers les montagnes. Les touristes s'éloignèrent, la femme disparut dans l'hôtel. C'était sûrement elle. Estelle s'approcha. À son tour elle entra. Ses yeux mirent quelques secondes à se faire à la pénombre. Enfin les choses lui apparurent ; debout derrière le bureau d'accueil, la femme l'observait.

– Bonjour, dit Estelle, vous vous souvenez de moi ?

– Oui.

Elle eut un élan de tout le corps que l'hôtelière stoppa en lui tendant la main.

– On en a vu passer des drôles de gens à cette époque, remarqua-t-elle, comme pour elle-même.

Estelle crut qu'il y avait un malentendu. De quoi parlait-elle et pourquoi son visage n'exprimait-il rien de chaleureux ?

– Dans les caves, vous vous rappelez, n'est-ce pas ? insista-t-elle.

La femme la scruta d'un œil lourd où la lassitude se mêlait au mépris. Oui, elle se rappelait.

– Et les familles, reprit Estelle, qu'est-ce qu'elles sont devenues, toutes ?

– Dans leurs maisons, fit l'hôtelière avec un geste bref.

– J'aimerais tant les revoir...

Cette fois son interlocutrice demeura impassible. Il y eut un assez long silence entre les deux femmes.

– Est-ce que je pourrais avoir une chambre ? dit enfin Estelle, plus bas.

Elle n'avait plus de souffle.

– Pour combien de nuits ?

– Je ne sais pas... Trois ou quatre...

– Voilà, dit la femme en poussant une clé.

La chambre donnait sur la place. Estelle entrouvrit machinalement les volets et les rabattit aussitôt, éblouie par la luminosité. En se retournant, elle vit le lit et sa courtepointe, l'armoire à glace, le petit lavabo et sa serviette suspendue sur le côté, l'ensemble était une invite au repos, au bonheur simple d'une station de vacances, pourtant elle songea qu'elle allait repartir, là, tout de suite, qu'elle ne pourrait jamais passer une nuit dans ce lit, avec cette femme en dessous. Elle me regarde comme si j'apportais le malheur, pensa-t-elle. Elle m'a reconnue dehors, elle a dû espérer que je n'entrerais pas chez elle. Estelle se revit au centre de la place, avec son sac à dos crasseux et sa main blessée. Oiseau de malheur, oui. Qu'avait-elle fait d'autre, six ans auparavant, que d'accourir ajouter son chagrin à celui de tout un village, de tout un peuple ? D'ailleurs, elle n'avait jamais été si sereine, si sûre d'elle-même, à sa place enfin parmi ces naufragés. Pour elle, rien n'avait changé depuis, mais pour eux si. Tout était méconnaissable ici. L'hôtelière devait savoir que le monument du souvenir lui avait été commandé, mais l'hôtelière aimait la vie, elle l'avait prouvé pendant la guerre, elle n'avait aucun désir de s'appesantir sur le souvenir. Estelle, si. Estelle était revenue avec le secret espoir que le désastre ambiant adoucirait le sien.

Elle s'assit au bord du lit et alluma une cigarette. Elle n'allait pas repartir. Non. Où irait-elle ? Elle ne pouvait plus travailler avec cette main et, sans cet effort quotidien pour buriner une infime partie du monde, un demi-grain de sable à l'échelle planétaire, elle n'avait plus d'existence à ses propres yeux. Elle délaça ses grosses chaussures, les retira et s'allongea. En refluant, le sang éveilla en elle un léger fourmillement et le cœur reconnaissant s'apaisa jusqu'à s'engourdir. Elle ne s'endormit pas, mais elle voulut bien laisser son corps décider, pour une fois.

Quand elle rouvrit ses volets, une moitié de la place était à l'ombre. À la terrasse du café, sur la droite, des gens bavardaient avec indolence et une famille mangeait de la glace. Elle se souvint de la femme en dessous et crut un instant avoir rêvé. Ou peut-être l'hôtelière l'avait-elle prise pour une autre, elle allait se confondre en excuses, s'illuminer, l'embrasser... Non, elle détourna le regard sur son passage et jamais, comme à cet instant, Estelle n'eut autant le sentiment de sa propre misère.

Elle s'éloigna du centre, cherchant à retrouver la rue par laquelle elle était entrée dans le village six ans plus tôt, au côté des deux vieux. Elle crut qu'elle y était, mais à présent la route qu'ils avaient empruntée, du bois jusqu'aux premières habitations, était bordée de maisons neuves. Il aurait fallu demander aux vieux pour être tout à fait sûre, mais les vieux devaient être morts. Elle revint sur ses pas, s'engagea dans une rue transversale. Ici chaque famille bénéficiait d'un jardin clos. Parfois les enfants se baignaient dans des piscines gonflables, parfois ils se balançaient sous un portique aux couleurs criardes, ou encore ils se disputaient et l'un ou l'autre pleurait. Les mères n'étaient jamais loin, à proximité du fil à linge ou reprisant sur une chaise, à l'ombre. Estelle eut soudain l'espoir de tomber sur un de ces couples qu'elle avait connus dans les caves de l'hôtel. Alors elle se mit à scruter les parents à travers les grillages ou par-dessus les haies. Puis son regard croisa celui d'un homme accroupi qui semblait se soucier de la croissance d'un arbuste, et comme l'homme lui sourit elle s'approcha. Il parlait un peu l'anglais, oui. Il lui tendit la main par-dessus la clôture.

– Viviez-vous ici pendant la guerre ? demanda-t-elle.

Non, ils étaient partis en Italie, dans la famille de sa femme. Ils n'avaient pas envie de mourir. Il éclata de rire et Estelle le trouva beau.

– Vous êtes journaliste ?

– Non, j'ai habité quelque temps le village, autrefois, je cherche des amis.

– Il n'y avait plus personne, ici, pendant la guerre, en tout cas moi je ne connais personne qui soit resté.

Alors il appela, en se tournant à moitié, et sa femme surgit de derrière le garage, bientôt rejointe par une enfant de six ou sept ans.

Ils parlèrent entre eux ; elle non plus ne voyait personne qui soit resté.

– Tout était détruit, où auraient-ils habité ? ajouta-t-il, et sa femme acquiesça, le regard vide.

Lui avait l'air embêté de n'avoir rien d'autre à dire.

– Bon, tant pis, au revoir, dit Estelle.

Il lui proposa d'entrer boire un verre mais elle refusa.

Plus tard, elle découvrit un restaurant minuscule, presque une échoppe. Il n'y avait que deux tables à l'extérieur. On lui servit un plat de viande à la tomate arrosé de vin rouge et, pour dessert, une sorte de riz au lait. Elle n'avait rien mangé depuis le matin, le vin l'étourdit. Elle reprendrait ses recherches demain, maison après maison, rue après rue, elle finirait bien par retrouver une de ces familles qui l'avait connue, qui se souviendrait du village entièrement désolé. Elle termina le vin tranquillement, sans cesser de fumer, puis le corps fatigué alla se coucher.

Maison après maison, rue après rue, à quoi cela rimait-il ? Elle était en train de se perdre. Au bout de ce voyage, il y avait la nostalgie du malheur partagé, et le regret peut-être de n'être pas morte six années plus tôt. Elle n'était pas descendue déjeuner ce matin, elle ne se sentait pas la force d'affronter l'hôtelière, son mépris, sa lucidité, l'hôtelière qui avait compris au premier regard ce qu'Estelle découvrait par bribes, avec un sentiment de honte maintenant. Elle s'accouda à la fenêtre, en bas le patron du café dévidait son store, là-bas le soleil enjambait la chaîne. Alors elle vit déboucher sur la place le car de Zagreb. Tiens, celui-ci était neuf, les vieux, petit à petit, allaient donc disparaître. Il vira souplement pour venir s'aligner le long de son quai. Quelques personnes en surgirent, les membres gourds, l'air un peu ahuri. Puis comme Estelle s'attendait à le voir repartir, une dernière silhouette en jaillit qu'elle ne reconnut pas immédiatement. Rémi ! Il avait sa tête du matin, les cheveux dressés, les lunettes de travers.

– Rémi ! murmura-t-elle.

Elle dévala les deux étages, traversa comme une bombe le hall d'accueil. Il n'avait pas bougé, elle fut sur lui avant qu'il n'ait tout à fait repris ses esprits. Son profil contre sa poitrine, l'enlaçant maladroitement de son bras valide.

– Tu es venu, dit-elle.

– Qu'est-ce que tu croyais ?

9

Olivier ouvrit son cabinet médical aux premiers jours d'octobre, boulevard Magenta, à trois ou quatre cents mètres de la République. Il avait acheté le tout – la résidence et la clientèle – à un médecin qui venait de perdre sa femme et souhaitait quitter Paris au plus vite. C'était une affaire. Situé au quatrième étage d'un immeuble haussmannien, son appartement était le seul à bénéficier d'un balcon. Olivier comptait l'arboriser. Il y réfléchissait entre deux patients, ou même en parlait à son malade s'il avait le sentiment que celui-ci pouvait lui être de bon conseil. Il aurait aimé tomber sur un ingénieur agronome, ou un jardinier, mais il ne semblait pas que sa clientèle en comptât. Il balançait entre différents projets ; une simple haie de lauriers-cerises, des arbres fruitiers, orangers et citronniers, mais il craignait qu'ils ne supportent pas l'hiver, ou encore un assortiment de vigne vierge, de chèvrefeuille et de glycine, étant entendu qu'il lui faudrait alors construire une tonnelle. Il en avait vaguement dessiné le plan et s'était aperçu à cette occasion qu'il exagérait considérablement les dimensions de son balcon, lui prêtant en imagination des allures de jardin suspendu que sa faible largeur – un mètre dix exactement –

n'autorisait pas sérieusement. Quoique ? Il savait les miracles que réussissaient certains paysagistes. La bambouseraie de la Villette qu'il avait découverte récemment, et qui était en partie à l'origine de son projet, l'avait édifié à cet égard. Il songea qu'un paysagiste lui serait plus utile qu'un ingénieur agronome et se souvint que Pascale tournait souvent des documentaires pour la Villette. Elle devait en connaître des paysagistes. Il fut tenté de l'appeler sur-le-champ mais réalisa qu'il ne l'avait pas vue depuis le mois de juin et cela l'en dissuada. Il ne s'était pas plus manifesté auprès de Rémi. Ils me font chier tous les deux, pensa-t-il, d'ailleurs ils ne m'appellent pas non plus, et comme une espèce de colère enfantine le gagnait, il se leva pour faire entrer le client suivant. Il n'y avait plus personne. Six heures, il avait le temps de faire un saut au BHV. Il traversa son salon d'attente, de l'autre côté du vestibule commençait son appartement privé. Stéphanie était allongée, elle écoutait France-Info en feuilletant des magazines. Six mois plus tôt, quand il tenait le siège de son petit deux pièces aérien, il imaginait que son ventre plein, que ses seins lourds, le propulseraient au firmament d'une indicible félicité. Or, en fait de félicité, il oscillait cruellement entre une froideur de façade et une émotion incontrôlable qui le transformait en misérable caniche, éperdu de désir, reniflant ce corps généreux, le léchouillant ici et là, mais incapable de le pénétrer, jusqu'à ce que Stéphanie, excédée, le repousse. Baise-moi ou arrête, Olivier, tu me dégoûtes à la fin, on dirait un vieux qui n'arrive plus à bander. Il ne bandait plus, en effet. Cela était apparu avec les premiers signes de la grossesse.

D'abord il avait été frappé d'éjaculations précoces, puis réduit petit à petit à l'impuissance.

– Je sors un moment.

Il alla à pied, par la rue de Lancry, les Arts-et-Métiers et la rue Beaubourg. Il bruinait légèrement, c'était agaçant, mais pas suffisamment pour qu'il renonce. L'assortiment chèvrefeuille-vigne vierge-glycine avait sa préférence, au fond, et pour la tonnelle un retraité de la police qu'il avait ausculté dans l'après-midi lui avait conseillé le BHV. Naturellement le BHV, il aurait pu y penser tout seul, c'est là qu'ils avaient trouvé les stores de Stéphanie. Il avait dû louer une perceuse pour les lui poser. Il lui fallait de la cornière métallique, du grillage en quantité, mais il ne voyait pas bien comment assujettir l'ensemble, ni comment cintrer les cornières. Il pressa le pas, de crainte d'être surpris par l'heure. Pourvu qu'un vendeur ait un peu de temps à lui consacrer... Alors il se remémora la perceuse et crut avoir résolu dans la seconde son problème de fixation. La perceuse était sûrement la première chose à s'offrir. Seulement est-ce que le vendeur des tonnelles accepterait, en préalable, de le conseiller pour une chignole ? Il avait peut-être intérêt, s'il ne voulait pas être pris pour un amateur, à lui laisser croire qu'il était au moins paré sur le plan de l'outillage...

Il eut affaire à un homme d'une cinquantaine d'années qui d'entrée lui rectifia le plan de sa tonnelle.

– Déjà, il peut pas monter ça en cornières, il faut qu'il prenne du profilé de douze...

– Ah bien, bien.

– ... et il fixera son treillis par là-dessus. Il sait souder ?

– Non, enfin à peine.

– Alors il a pas le choix ! Il va boulonner ça sérieusement, une patte de fixation tous les vingt-cinq centimètres. Il en veut combien ?

Olivier dut avouer qu'il allait calculer ça de plus près.

– Il fait son calcul et il repasse.

M. Py, il avait saisi son nom sur le revers de sa blouse grise. Il s'assura qu'il ne le suivait pas du regard avant de demander à un autre vendeur le rayon des perceuses. Là, il acheta la valise complète, dans une marque allemande.

Pas un instant il ne songea à prendre le métro pour rentrer, malgré le crachin et les huit kilos de son matériel. Au contraire, il était si exalté maintenant qu'il ressentait le besoin de se dépenser. Au moment de saluer M. Py, il avait cru lire une certaine estime dans ses yeux clairs. Il allait redessiner son plan, établir au centimètre près le nombre d'attaches nécessaires, et demain il lui soumettrait son travail. Il se vit en culottes courtes, guettant l'approbation de ce moustachu inflexible, sévèrement gominé à la Pento bleu argent. Durant toute sa scolarité il avait inconsciemment cherché à établir ce type de rapports avec ses enseignants, jusqu'à ce que l'un d'eux – le professeur de français, en seconde – entre dans son jeu. Olivier avait passé chez lui des dimanches après-midi enchanteurs, il découvrait Camus, Breton, Nizan, et l'autre l'écoutait s'émerveiller avec une bienveillance toute paternelle, lui semblait-il, approfondissant ici ou là son propos d'une réflexion lumineuse. Puis le professeur l'avait embrassé sur la bouche et Olivier, abasourdi, n'y était plus retourné. Il lui avait fallu du temps pour admettre que sa quête obstinée d'un père qu'il n'avait pas eu pouvait prêter à confusion, la puberté venue. Ce soir d'automne, il avait bien conscience de renouer avec un penchant enfantin, mais il se l'accordait volontiers comme une consolation pour tout le reste qui de plus en plus lui échappait.

Il haletait en arrivant.

– Stéphanie ? Stéphanie ? appela-t-il.

Elle prenait son bain, il reconnut le jingle de France-Info.

– Mais t'es trempé ! Qu'est-ce que c'est que ce truc ?

– Une perceuse. Tu veux voir ?

– Non, s'il te plaît. Passe-moi plutôt le gant.

Il n'aurait pas dû entrer. La contempler ainsi, ronde et nue, le précipitait dans cette espèce d'affolement qui empoisonnait son désir, sans l'épuiser, sans même l'entamer, au contraire. Jamais il n'avait éprouvé pour une femme un tel appétit, et jamais il ne s'était senti si loin d'espérer l'assouvir. Comme si, un temps à sa portée, Stéphanie avait rejoint subrepticement l'univers lointain des anges. Ou celui des rêves. Il s'était assis et l'observait se savonner les seins. Ils étaient bien réels pourtant, gonflés, veinés de bleu, les aréoles brunes distendues. Il songea que sa vie d'homme se délitait curieusement depuis qu'il avait quitté Claire. Elle m'a constamment réconforté, encouragé, convint-il, malgré la colère qu'elle continuait de lui inspirer, mais rien ne devait être acquis puisque, elle disparue, je retourne inéluctablement à mon indigence. L'envie le traversa de se masturber en pensant aux seins de Stéphanie et, dépité, il quitta la pièce.

Encore une fois Stéphanie se fit la réflexion, en le regardant s'éclipser, qu'Olivier paraissait rapetisser ces derniers temps, se rabougrir. Elle avait conservé en mémoire une image forte et vigoureuse de lui, celle de ce fameux jour où, rentrant d'une visite au chevet de son père, Olivier lui était apparu une perceuse à la main, tiens, justement, c'était amusant comme coïncidence. Prenez-moi dans vos bras, lui avait-elle dit, hors d'haleine. Est-ce qu'elle avait la berlue ? Elle se souvenait d'un homme bien plus volumineux, les épaules larges, les bras puissants... C'était probablement cet après-midi-là qu'ils avaient fait le bébé. Elle se rappela son sexe dont elle avait guetté l'apparition, dont elle avait éprouvé la robustesse, dans sa main d'abord, avec quel soulagement ! Elle avait tant besoin de conjurer le spectre de la décrépitude, du corps qui se vide et se fripe avant de mourir. De ce point de vue-là Olivier, si vivant alors, avait tenu ses promesses. Forte de cet enfant – un garçon selon la dernière échographie –, elle était devenue insensible à l'effondrement de son père, au point de tolérer ses larmes. Les médecins ne lui donnaient plus qu'une dizaine de jours, il ne connaîtrait pas son petit-fils.

Elle s'allongea, caressa rêveusement son ventre lisse et ce geste, naturellement, lui évoqua les flancs au galbe fuyant, fastueux, de son scooter. On le lui avait volé sur le trottoir au lendemain de leur emménagement boulevard Magenta. La douleur que lui avait causée cet événement n'était pas apaisée, loin de là, même si, à la demande conjointe d'Olivier et de sa compagnie d'assurances, la firme italienne s'était engagée à lui livrer un modèle équivalent dans la teinte bleu métallisé qui ne se faisait plus. Avec le recul, elle ne s'expliquait pas la profondeur de son désespoir. Mais plus que ça, elle demeurait étonnée du comportement d'Olivier dans les heures qui suivirent. Affolé par l'hystérie de Stéphanie, ses sanglots et ses coups de talon dans les portes, comme pour les lui expédier dans la figure, il s'était mis à courir de la chambre au téléphone, du téléphone à la chambre, appelant le commissariat, rendant compte, rappelant, revenant, la suppliant... Elle avait découvert un homme dépassé, tandis que quelques mots bien sentis auraient suffi à venir à bout de sa crise de nerfs, elle en avait conscience. Où était donc passé le cinglé magnifique, pathétique, qui avait forcé sa porte, détrôné Hervé, avec une obstination aveugle qui avait emporté son adhésion ?

Elle sourit en se remémorant la scène qu'il lui avait faite au Sélect, songea qu'il devait prendre des amphétamines à l'époque, ou carburer à la coke, d'où ces érections qu'elle ne lui connaissait plus d'ailleurs, mais alors vraiment plus... et elle éclata de rire. Puis elle sortit du bain, enfila un peignoir et alla se servir un verre de lait. Qu'est-ce qu'il bricolait donc sur le balcon à cette heure-ci ? Elle ouvrit la fenêtre, se pencha et le vit assis sur un tabouret, sa chignole en main. Il la lançait par intermittence pour le seul plaisir, semblait-il, de la regarder tourner.

– Au fait, Julien passe dimanche, lui cria-t-elle entre deux poussées. Il a appelé tout à l'heure.

– Julien ? Ah ! d'accord.

Il avait presque fini par l'oublier, celui-ci.

Il sonna sur le coup de dix heures. Olivier était à l'ouvrage sur son balcon, il dut enjamber le fagot de profilés et les rouleaux de treillis qui barraient le séjour pour atteindre la porte.

– Salut papa ! Ben, qu'est-ce que tu fous ?

– Viens, tu vas m'aider.

Julien le dépassait d'une demi-tête, il avait incroyablement grandi pendant l'été, il était élégant et parfumé quand son père, en short et tee-shirt, n'avait aucune allure. Cela mit Olivier mal à l'aise.

– Tu vas m'aider, répéta-t-il en lui tapotant dans le dos, je vais te prêter des fringues...

– Tu veux pas qu'on boive un café d'abord ?

– Si, si, bien sûr.

Olivier l'entraîna vers la cuisine. Pendant qu'il préparait le café, il pensa que son fils le voyait pour la première fois chez lui, dans son autre vie, et ses gestes qu'il aurait voulus décontractés en devinrent maladroits.

– Elle est pas là... Stéphanie ?

– Non, à Saint-Cloud, chez une amie. Tu prendras du sucre ?

– Ça a l'air bien ici...

– C'est assez grand, oui, je te ferai visiter tout à l'heure. Comment ça va, toi ?

– Ça va.

– Et les vacances ? Moitié Normandie, moitié Chamonix, comme d'habitude ?

– Non, moitié un ami, une amie en fait, moitié Biarritz. J'ai rejoint maman là-bas.

– Qu'est-ce qu'elle fichait à Biarritz ?

– Invitée par une copine de son boulot.

– Ah, d'accord. Assieds-toi, c'est prêt. Vous ne vous y êtes pas trop ennuyés ?

– Si, enfin moi. Maman a rencontré un mec.

– Sans blague ?

– Vers la fin. Disons qu'elle s'est fait draguer quoi...

Olivier fut surpris de l'écho que rencontrait en lui cette nouvelle ; un frisson de sensualité mâtiné d'un sentiment plutôt satisfaisant d'injustice : Claire l'abandonnait, ça y était, tous le lâchaient. Dans la seconde, cependant, ces impressions confuses s'affirmèrent, et la vision de Claire dans les bras d'un étranger provoqua chez Olivier un mouvement de va-et-vient pénible entre une excitation grandissante et une douleur inédite, dure, anguleuse, profondément enkystée, lui sembla-t-il, sous le cœur, dans une zone inaccessible. Il n'identifia pas immédiatement la jalousie.

– Quel genre, le type ? reprit-il.

– Pas mal... Le genre à faire son jogging tous les matins. Maman l'a connu comme ça.

– Elle fait du jogging maintenant ?

– Non, mais elle dormait mal, elle allait marcher tôt sur la plage.

– Ah ! d'accord. Et lui... Tu l'as vu ? Je veux dire... Vous avez parlé ensemble ?

– On a dîné tous les trois... T'as des pellicules, papa.

– Je sais, merci. Tu veux un autre café ?

– Non, je vais m'en griller une petite.

– Claire te laisse fumer ?

Julien haussa les épaules sans cesser de rouler son tabac.

– Qu'est-ce que tu crois, le relança Olivier, elle est amoureuse ?

– Elle dit que c'est trop tôt, qu'elle t'aime encore.

– Ah bon !

Une onde de soulagement parcourut Olivier des pieds à la nuque. De soulagement et de gratitude. Il se sentit curieusement moins pitoyable aux yeux de son fils, malgré ses pellicules et son accoutrement.

– Ça lui passera, fit-il en se levant. J'aimerais qu'elle soit heureuse, c'est quelqu'un de bien, ta mère... Bon, on attaque ?

Julien se força à poser trois ou quatre questions sur la construction de la tonnelle, bien que l'ardeur de son père lui parût un peu artificielle, ou pour cela justement. Il songea qu'Olivier souffrait d'avoir perdu son jardin de Senlis et que cette tonnelle invraisemblable était l'aveu de cette souffrance. Son père l'émut. Jamais ils n'avaient partagé la moindre complicité tous les deux, et de leurs années sous le même toit, Julien retirait plutôt l'impression d'une sourde compétition pour l'attention de Claire. Olivier l'avait exaspéré, sur la fin, par cette façon qu'il avait de prendre Claire à témoin des démonstrations plus ou moins grotesques de son adolescence. Il lui était apparu que son père n'avait pas le comportement qu'un fils était en droit d'attendre. Mais, là-dessus, Olivier avait quitté Claire. La colère de Julien s'était épuisée d'elle-même. L'homme qu'il retrouvait, après son premier été d'adolescent affranchi, s'était suffisamment éloigné pour lui laisser le choix d'une relation légère, sans enjeu désormais. Ce type un peu ridicule dans ce tee-shirt étriqué était son père, il voulait bien de lui. Il lui sembla que leur histoire future dépendait de ce qu'il y mettrait, parce qu'Olivier paraissait assez largué pour tout dire.

Et cette impression lui plut, il imagina une complicité cachée, en marge de sa vie à Senlis, une complicité dont il ferait ce qu'il voudrait.

Ils se mirent à bricoler, le père à la perceuse, le fils prévenant ses besoins. Au bout d'un moment, Julien remarqua que, au lieu de fixer une membrure après l'autre, ils feraient bien mieux de les percer en série, puis de les visser à la chaîne dans le mur, ils éviteraient ainsi de changer sans arrêt de foret.

– Ah, tu crois ? dit Olivier.

– Évidemment ! T'as vu le temps qu'on perd ?

– La seule chose c'est que ça va être un peu rébarbatif...

– On s'en fout, plus on finit tôt mieux c'est, non ?

Olivier acquiesça mollement. Dans le fond, il trouvait plus satisfaisant d'assujettir proprement chaque profilé avant de passer au suivant, comme l'aurait certainement préconisé M. Py, le bricolage n'ayant rien de bon à espérer des méthodes modernes de rentabilité, mais il se plia à l'avis de son fils. Alors la chignole ne cessa plus de hurler et l'ambiance quasi bucolique du chantier en fut profondément chamboulée. C'est par gestes, les mâchoires crispées et le regard fou, que le père et le fils communiquèrent durant un peu plus d'une heure.

– Ben, mes aïeux ! souffla finalement Olivier, on a bien mérité une petite bière.

– Ouais, n'empêche qu'on a fait la moitié du boulot !

Cette fois ce fut Julien qui lui tapa dans le dos.

– Et il fait quoi ce mec ? repartit Olivier à peine attablé devant sa bière.

– Quel mec ?
– Le joggeur, l'ami de Claire.
– Ah... pilote d'avion, dans l'armée.
– Pilote de chasse ?
– Plus maintenant. Il a eu des emmerdes de santé. Il vole sur des machins à hélices.
La douleur était là, sous le cœur.
– Sous-officier ?
– Non, commandant. Il m'a même dit qu'il attendait d'être colonel pour quitter l'armée.
– Il est vieux alors.
– Comme toi à peu près...
Julien l'observait, l'air de penser à autre chose.
– Maman m'a dit que tu fumais quand elle t'a connu.
– Ouais, j'ai arrêté à ta naissance.
– T'en veux pas une, là ?
– Non... ou juste une bouffée sur la tienne, pour voir.
Le tabac fouetta soudainement le sang d'Olivier et une légère euphorie, presque un vertige, le contraignit à fermer les yeux.
– C'est bon, non ?
– Oui... ça me rappelle des souvenirs.
– La meilleure, c'est sur la plage après le bain, t'es pas de mon avis ?
– Si.
Il faillit dire « et après l'amour », et eut la surprise d'entendre son fils le dire à sa place, en souriant stupidement, comme pour voir jusqu'où il pouvait pousser le bouchon.
– Julien !

– C'est pas vrai ? honnêtement ?

– Ne fais pas l'andouille. Tu ne couches pas déjà, j'espère ?

– Si. C'est grave, docteur ?

– Mais t'es complètement cinglé, t'as même pas seize ans !...

– Qu'est-ce que ça peut faire ?

– Je ne sais pas, rien... Tu mets des capotes au moins ?

– Oui papa, tu ne seras pas grand-père l'été prochain... Tu me demandes même pas comment elle s'appelle...

– C'est vrai, pardon. Comment elle s'appelle ?

– Tu la connais pas, c'est une fille de ma classe. J'étais chez elle en juillet. J'ai fait croire à maman que j'étais chez un copain pour pas qu'elle m'emmerde.

– Redonne-moi une bouffée... Tu fais chier, Julien, t'es beaucoup trop jeune...

– Garde-la, je m'en roule une autre.

– Non !.. Tu ne m'as toujours pas dit son nom, je te signale.

– Cécilia.

– Oh ! putain !

– Quoi ?

– Mais tu te rends compte que vous rentrez en seconde, bon Dieu !

– J'ai remarqué, oui. Ça serait bien que tu te calmes parce que j'ai un truc à te demander.

– Vas-y.

– T'es calmé, là ?.. J'éjacule trop vite.

Olivier fut tout près de répliquer : « Et moi je ne

bande plus, figure-toi », mais il se leva et arpenta la cuisine, les mains sur les reins.

– Tu éjacules trop vite... Ça, mon vieux, ça nous est arrivé à tous au début.

– Je m'en fous, papa. Je veux que tu me donnes un médicament, quelque chose pour...

– ... retarder ?

– Oui, au moins cinq minutes, quoi.

– C'est dans la tête, Julien, il n'existe aucun médicament.

Olivier en savait quelque chose. Du temps d'Hélène, il était allé consulter plusieurs spécialistes. Ses éjaculations précoces avaient disparu comme par enchantement avec Claire.

– Tu l'aimes, Cécilia ?

– Je ne sais pas... Oui.

– Moi, je pense que tu l'aimes, Julien. Il faut que tu essaies de dédramatiser, de la regarder plus simplement...

– Je dramatise pas, pourquoi tu dis ça ?

– Quand on est très amoureux, tu sais, c'est un peu comme si chaque fois on passait son bac, et plus la tension monte plus on perd ses moyens.

– Ça t'est arrivé avec maman ?

– Oui, mentit Olivier. Dis-toi que Cécilia n'attend pas tes performances pour t'aimer.

– Je n'en suis pas sûr, justement.

– Tu n'es pas sûr de quoi ?

– Elle en a marre, je le sais.

Eh bien vire-la, cette conne ! songea nerveusement Olivier. Il aurait aimé que son fils lui pose un problème soluble, qu'il puisse l'aider et en tirer gloire en toute modestie, ne me remercie pas, je remplis mon rôle de père, point final, or Julien le renvoyait à sa propre impuissance. Jamais, pour ainsi dire, il n'avait donné de plaisir à Hélène, quant à Stéphanie, sa réincarnation, il ne parvenait même pas à la pénétrer. Devait-il l'avouer à son fils ou s'entêter à lui donner des recettes dont il était bien placé pour savoir qu'elles ne fonctionnaient pas ?

– Elle en a marre... Comment tu le sais ? reprit-il pour gagner du temps.

– Je le sais, c'est tout. Allez, laisse tomber, papa, fit Julien en se levant. On retourne terminer ton jardin ?

– Oui, enfin ça m'ennuie ton problème...

– C'est rien. De toute façon, je crois qu'elle sort déjà avec un autre mec.

Il se passa la main dans les cheveux en disant cela. Olivier nota que son visage rosissait comme sous l'effet d'une forte émotion. Il lui fallut quelques secondes pour comprendre que son fils souffrait, et pour la première fois cette souffrance le toucha. Il entrevit confusément ce que pouvait être la paternité, chercha des mots capables d'éteindre cette brûlure inadmissible qui lui tombait dessus en plus du reste, et alors qu'il n'y était pour rien, eut envie de dire : « Mais je t'aime, Julien », comme il le disait aux femmes quand il se sentait complètement dépassé, mais n'osa pas, n'osa rien, même pas un geste, si bien qu'il accueillit avec une gratitude et une chaleur hors de proportion la demande de Julien de se mettre à la perceuse.

– Mais bien sûr, autant que tu veux, c'est trop bête, si j'avais su...

Ils ne virent pas les heures tourner et, en milieu d'après-midi, ayant monté la moitié des arceaux, décidèrent que ça suffisait pour un dimanche. Ils prirent une douche et allèrent à pied déjeuner au Terminus Nord. Olivier accompagna son fils au train, ils n'eurent qu'à traverser l'esplanade. En retournant chez lui il se sentit vide et triste.

Quelques jours plus tard, il composa entre deux clients le numéro de la bibliothèque de Senlis. Depuis ce dimanche avec Julien l'impression confuse qu'il traînait comme un boulet d'avoir commis la plus grosse connerie de sa vie en quittant les siens se nourrissait enfin d'une réalité palpable : Claire et Julien, qui l'ennuyaient profondément quand ils vivaient sous le même toit, étaient sans conteste devenus, aussitôt après son départ, des personnages attachants, magnifiques. Il n'imaginait pas scène plus romantique que cet ancien pilote de chasse s'approchant de cette femme désœuvrée dans la brume de mer d'un jeune matin d'août sur la plage déserte de Biarritz. Ce type devait avoir le physique d'Humphrey Bogart et, au fond, Claire aurait pu aisément doubler Ingrid Bergman. Pourquoi était-il resté si longtemps aveugle à sa beauté, si désespérément entêté dans le souvenir d'Hélène ? Aujourd'hui, il donnerait tout pour marcher vers elle dans les baskets du pilote.

– Claire ? C'est moi.

– ...

– Olivier.

– J'avais reconnu ta voix. Excuse-moi, je suis émue.

– Ça fait longtemps...

– Un peu plus de six mois. Je ne pensais pas que tu m'appellerais un jour.

– Tu aurais pu appeler toi aussi.

– Olivier !

– Quoi ?

– Après ce que tu m'as dit... Que tu avais honte de notre vie, d'avoir accepté...

– Je ne le pensais pas. Pardonne-moi... Pardonne-moi.

– ...

– Tu m'entends, Claire ?

– Je t'entends, oui. Qu'est-ce qui ne va pas, Olivier ?

– Rien, ça va... Tu me manques.

– Toi aussi.

– Je t'aime, Claire.

– Arrête !

– Tu ne peux pas savoir...

– C'est pour quand, ton enfant ?

– Décembre. Et toi ?

– Moi quoi ?

– Qu'est-ce qu'il y a de nouveau dans ta vie ?

– Pas grand-chose.

– Julien m'a dit...

– Ah ! il t'a parlé de Pierre... Et c'est pour ça que tu téléphones.

– Tu l'aimes ce mec ?

– Olivier, si c'est ça, j'aurais préféré ne pas t'entendre.

– Dis-moi seulement si tu l'aimes, Claire.

– Oooh !.. Si je n'avais pas pour toi... de la tendresse, je te raccrocherais au nez.

– Dis-le-moi !

– ...

– De toute façon, je sais que tu ne l'aimes pas.

– Ne me rappelle plus, Olivier, j'ai conservé de nous un beau souvenir, malgré tes derniers mots, que tu ne pensais pas donc, eh bien n'abîmons pas cela et gardons le silence, c'est mieux.

10

Olivier venait de déposer son fils chez la nourrice et regagnait à pied son cabinet médical quand une contractuelle, qui le prit un instant pour une de ses victimes furieuses, le vit tendre le bras, puis s'abattre à genoux, avant de rouler sur l'asphalte. Elle accourut, demanda qu'on alerte le pharmacien tout proche. Celui-ci reconnut Olivier, diagnostiqua une probable rupture d'anévrisme, et prévint aussitôt le SAMU.

Voyant surgir dans sa classe son proviseur, le souffle court et les traits altérés, Rémi eut le sentiment furtif d'avoir déjà vécu une scène semblable.

– Votre ami, M. Mangin, n'est-ce pas ? vient d'être hospitalisé. C'est apparemment sérieux. Allez-y, je prends vos élèves.

Olivier... cet imbécile d'Olivier... Qu'est-ce qu'il avait encore foutu ?.. Rémi ne l'avait pas revu depuis la naissance d'Hugo. Depuis cette séance grotesque à la maternité. Le cinéma qu'il lui avait fait ce jour-là !... Son champagne, les seins de Stéphanie qu'il exhibait sans arrêt sous prétexte de tétées... Qu'est-ce qu'il voulait prouver ? Qu'elle était canon ? Qu'il s'éclatait sexuellement ? À l'occasion d'une naissance !.. On aurait dit qu'il se vengeait de la réserve qu'avait constamment manifestée Rémi à l'égard de sa seconde femme. Tout sonnait faux, jusqu'à ses transports soudains pour cet enfant... Stéphanie, par bonheur, n'était pas entrée dans son jeu, elle n'avait même pas pris la peine de cacher son exaspération. Ce faisant, elle était plutôt remontée dans son estime...

Il pénétra en trombe dans la cour de l'hôpital, grimpa au quatrième étage du pavillon D, suivant à la lettre les instructions qu'avait recueillies pour lui son proviseur. Stéphanie était là, assise seule dans l'antichambre immaculée d'un bloc opératoire. Sur la chaise à côté, elle avait déposé son magnétophone. Bon Dieu ! faillit-il lui lancer, mais qu'est-ce que vous foutez là, vous ? tant il s'attendait à trouver Claire. Et cependant, tout au long du chemin, c'est bien à Stéphanie qu'il avait songé... Il eut à peine le temps de réaliser qu'un an plus tôt, dans des conditions similaires... Mais c'était ça, bien sûr, sa confusion venait de là. Un an plus tôt, Claire au chevet d'Olivier ! Comment n'avait-il pas fait le rapprochement dans la seconde ? Et le lendemain, ou le surlendemain, il avait croisé cette conne avec son magnétophone entrant dans la chambre d'Olivier...

– Qu'est-ce qui est arrivé ?

– Il est tombé, je ne sais pas, on m'a dit qu'il avait une hémorragie. C'est le pharmacien, en bas de chez nous, qui m'a prévenue.

– Où est-il ?

Elle indiqua le bloc.

– Il y en a pour cinq ou six heures. L'infirmière m'a conseillé de rentrer chez moi.

Et comme en disant cela elle s'était détournée pour

réprimer un éternuement, Rémi crut qu'elle étouffait un sanglot.

– Claire ! souffla-t-il, la saisissant à l'épaule.

– Moi, c'est Stéphanie, tu te trompes de casting, rétorqua-t-elle, mais sans paraître y attacher la moindre importance. Bon, qu'est-ce que tu fais ? Je ne vais pas rester scotchée là...

Rémi en demeura un instant perplexe.

– Eh bien tire-toi alors...

– Tiens, mon numéro de portable. Ça ne t'ennuie pas de m'appeler ?

– Non.

Il prit la carte qu'elle lui tendait et poussa une porte interdite au public. Deux infirmières lui tombèrent dessus. Il apprit qu'Olivier ne sortirait pas forcément vivant de la pièce à côté et qu'en tout état de cause une partie de son cerveau serait endommagée.

Il s'entendit balbutier « oh non ! non ! », et se mit à pleurer silencieusement, les bras le long du corps, devant ces jeunes femmes qu'il dominait de toute la poitrine. Puis il prit son paquet de cigarettes, mais elles le lui remirent dans la poche d'autorité.

– Allez marcher un peu et revenez dans une heure, on en saura plus, ordonna l'une d'entre elles en le raccompagnant.

Il obéit, chercha une cabine téléphonique et appela Estelle au secours. C'est elle qui lui dit de reprendre sa voiture et d'aller immédiatement chercher Julien à Senlis pendant qu'elle prévenait Pascale. Julien ! Mais naturellement, c'était la première chose à faire...

Il était à la cantine. En apercevant Rémi, curieusement hirsute et comme essoufflé, il se souvint qu'après le coup de couteau c'était lui, Julien, qui avait rappelé à Claire de le prévenir, ce grand escogriffe. Il sourit, mais en s'approchant, à cause des paupières gonflées de Rémi sûrement, il eut l'intuition que cette fois... L'émotion lui coupa les jambes.

Depuis qu'ils avaient fait ensemble la tonnelle, Julien avait le sentiment de courir derrière son père, de quémander un secret qu'Olivier refusait de partager. Il trouvait sa situation d'autrefois plus confortable, alors son père n'était qu'un adversaire de misérable envergure qui ne lui inspirait aucune émotion. Boulevard Magenta, il lui était apparu au contraire plus pathétique de dimanche en dimanche. Après la perceuse, il s'était mis à la cuisine. Il avait changé sa vieille Arthur Martin, s'était offert des casseroles de professionnel, et le dimanche matin il attendait Julien pour filer au marché choisir ses légumes. Il l'abrutissait de conseils culinaires, le présentait à ses fournisseurs, et ne lui posait plus aucune question sur sa vie, ni sur Claire, ni sur rien... Plus aucune question. Stéphanie n'était jamais là, elle se faisait conduire en taxi chez son amie de Saint-Cloud, avec Hugo. Julien les avait croisés un matin sur le trottoir.

– Ton père t'attend, il s'est offert un nouveau cabas...

Et en effet, ce jour-là, Olivier l'avait entretenu dix bonnes minutes de ce caddie neuf.

– Mais toi, papa, ça va ?

– Oui, pourquoi ça n'irait pas ? Sois chic, pose ton bazar et viens, j'ai peur de rater la dame des oignons.

Sur la fin, en prévision du printemps, il s'était fait livrer un de ces réfrigérateurs qui crachent à volonté du Coca et des glaçons, comme dans les stations-service américaines.

Rémi conduisait trop vite, tout tremblait et grinçait dans sa voiture. Il aurait voulu dire à Julien qu'il pensait à lui, mais les mots qui lui venaient n'allaient pas. Des mots d'enterrement.

– À cette heure-ci, ça roule bien, lâcha-t-il finalement.

– Oui. T'as pas des cigarettes ?

– Si, tiens. J'en veux bien une aussi.

Pascale les guettait depuis l'entrée du pavillon.

– J'ai vu un des médecins, dit-elle en prenant tendrement entre ses mains le visage de Julien, ils pensent qu'ils l'ont sauvé, mais ils sont incapables de dire quelles seront les séquelles.

– On peut monter ?

– Non, pas avant la fin d'après-midi. J'ai prévenu Claire, elle arrive.

Ils sortirent. Pascale connaissait le quartier, elle les entraîna vers un salon de thé. C'est là qu'elle avait fixé rendez-vous à Claire.

Rémi était en train de récapituler silencieusement les étapes de ce qu'il nommait à part lui « la dégringolade d'Olivier », quand Julien dit tout haut :

– Qu'est-ce qu'il avait, papa, ces derniers temps ? On ne pouvait plus parler de rien...

– Il n'aurait jamais dû quitter Claire, trancha vivement Rémi.

– Non mais ça va pas ! lui lança Pascale. De quoi je me mêle ? Il a eu le courage de la quitter, au contraire, au lieu de rester alors qu'il ne l'aimait plus – excuse-nous, Julien –, je te trouve indécent, Rémi...

C'est trop facile ce genre de commentaires a posteriori censés tout expliquer.

Ils marchèrent en silence. Rémi fulminait intérieurement. Ça lui allait bien, à cette dinde, de jouer les boutefeux. « Trop facile ! » Est-ce qu'elle s'était seulement regardée, elle, avec son mari au Quai d'Orsay, ses deux enfants parfaits et son appartement sur les jardins de l'Observatoire ?... Trop facile ! Avec ça qu'elle prenait des risques, elle !... Si Julien n'avait pas été là, Rémi lui aurait balancé deux ou trois vérités. Ça couvait depuis pas mal d'années déjà...

À peine attablé, cependant, c'est Julien qui revint à la charge.

– Rémi a raison, Pascale, il n'aurait pas dû quitter maman.

Elle fronça les sourcils. Elle aussi était en colère, mais contre cette façon qu'avait Rémi de les titiller sans arrêt, tout en se gardant bien de proposer quoi que ce soit.

– Qu'est-ce que tu en sais, Julien ? J'ai beaucoup parlé avec Olivier quand il a rencontré Stéphanie et je peux t'assurer qu'il était méconnaissable. Rien à voir avec l'homme un peu éteint qu'on avait connu... Tu sais, je crois que Claire lui a fait beaucoup de bien, mais je ne suis pas certaine qu'il ait jamais été très amoureux, enfin, passionnément amoureux...

– Et alors ? intervint grossièrement Rémi. Quand on voit le résultat de ses « passions », Hélène, Stéphanie... Excuse-moi, mais on a plutôt tendance à regretter Claire, non ?

– Et c'est toi qui dis ça ! bondit Pascale. Après nous avoir accusés à longueur de dîners de nous emmerder dans la vie et de ne rien entreprendre pour que ça change...

– Tu es complètement cinglée, ma pauvre Pascale ! Encore cinq minutes et tu vas prétendre que c'est moi qui l'ai poussé à divorcer... C'est vraiment pas le jour pour ce genre d'explication, mais tant pis, pardonne-moi Julien... Je pense qu'Olivier n'aurait pas éprouvé le désir de quitter Claire dans un autre environnement, voilà, s'ils avaient dû se battre un minimum côte à côte pour exister, s'ils s'étaient donné mutuellement des raisons de s'estimer. C'est déjà difficile à réussir dans un pays comme le nôtre où il ne se passe plus rien, où le moindre risque est assuré trois fois, mais c'était carrément impossible à Senlis...

– Oui, bon, arrête maintenant, l'interrompit Pascale. Vous avez faim ?

Ils commandèrent des tartes salées et du thé.

– Papa était méconnaissable, c'est vrai, reprit calmement Julien en ne s'adressant qu'à Pascale. Mais à moi, il ne m'a jamais parlé de Stéphanie, et je ne les ai pas vus passer un seul dimanche ensemble.

Elle ne sut que dire. Elle n'avait pas revu Olivier depuis le printemps, sans trop s'expliquer pourquoi d'ailleurs. Elle venait de le défendre bec et ongles parce que Rémi l'exaspérait, décidément, mais au fond Olivier l'avait dégoûtée le soir où il avait débarqué chez elle pour lui annoncer, avec un émerveillement stupide d'adolescent, qu'il n'aimait pas Claire, qu'il ne l'avait jamais aimée. Il l'avait assassinée avec le sourire, ce salaud, après dix-sept ans de vie commune. Est-ce que tous les hommes ?... Est-ce que Jean-Xavier, dans la même situation ?... Avec cette indifférence, cette vulgarité ?... Olivier l'avait dégoûtée, oui. Elle en prenait conscience à l'instant, au point que se remémorant sa vanité de petit coq amoureux, ce fameux soir, elle éprouva une sourde satisfaction à imaginer que la vie s'était vengée. Non, pas ça tout de même, songea-t-elle, et Julien remarqua qu'elle s'agitait.

Un peu plus tard, se rappelant la perplexité du fils d'Olivier à laquelle elle n'avait pas fait écho, elle dit à brûle-pourpoint :

– Je ne la connais pas, cette Stéphanie, je ne l'ai croisée qu'une demi-heure à la maternité. Comment est-elle ?

Julien se tourna vers Rémi, qui haussa les épaules. Il n'avait manifestement pas envie qu'on le dérange.

Après tout ce qu'il avait fait pour Olivier, au lendemain de la mort d'Hélène, puis pour encourager sa relation naissante avec Claire, il aurait été en droit d'espérer qu'il se confierait à lui au moment de choisir sa troisième femme. Or c'était à Pascale qu'il s'était livré. Ce crétin l'avait donc snobé d'un bout à l'autre. D'une certaine façon, il n'avait que ce qu'il méritait. À son tour, Rémi s'agita, confus, malheureux, et Julien, rétrospectivement blessé d'avoir dû assister à leur engueulade dans un moment pareil, et de devoir maintenant supporter leur bouderie, jugea que ça suffisait. Ils réglaient leurs comptes sur le dos de son père, mais ils ne répondaient pas à la seule question qui lui importait. Ils n'étaient capables que de parler d'eux. Entêté, écorché maintenant, il changea de ton.

– Rémi, pourquoi tu ne le voyais plus, papa ? Un

jour il m'a dit que tu avais sans doute perdu son téléphone...

– Je ne demandais qu'à le voir, il ne m'a plus donné signe de vie.

– Vous ne l'appeliez plus. Toi non plus, Pascale.

– C'est vrai, on s'est plutôt occupés de Claire... Tu sais, pour nous, il allait avoir un enfant, il l'a eu, tout allait bien.

– Vous l'aimiez quand il était avec maman, qui l'écrasait, qui décidait tout à sa place, et quand il a eu le courage de se barrer vous l'avez laissé tomber en fait.

– Tu crois qu'on serait là, aujourd'hui, si on l'avait laissé tomber ? rectifia fermement Rémi.

– Aujourd'hui c'est trop tard.

Les yeux de Julien s'embuèrent, Rémi s'en aperçut et fit un geste tendre qu'il esquiva.

– Ne dis pas de bêtises, il va s'en sortir.

– Je suis sûr qu'il aimait encore maman, mais il était complètement coincé. Vous auriez pu l'aider, vous. Moi, il ne me parlait plus, ou seulement pour dire des conneries...

– Julien... commença doucement Pascale.

Mais elle s'interrompit, Claire entrait.

Elle embrassa son fils, puis Pascale et Rémi.

– Alors ?

– Il n'y a rien de nouveau, dit Pascale. Assieds-toi, il est encore trop tôt pour y retourner.

– Il allait très mal à la fin, reprit Julien, il ne disait plus que des conneries.

Et comme les autres se taisaient, il se tourna vers Claire :

– Tu le savais qu'il t'aimait encore ?

– Les choses sont plus compliquées que ça, mon chéri.

– Tu le savais, oui ou non ?

– Il me l'avait dit, oui.

Julien en éprouva un soulagement de tous les muscles. Il scruta le visage aux traits brouillés de Pascale, puis celui de Rémi qui semblait respirer douloureusement.

– Il se cherchait des raisons de continuer, mais il n'en trouvait plus, ajouta-t-il.

– Julien, rétorqua sourdement Rémi, Olivier ne s'est pas suicidé. N'importe lequel d'entre nous peut être fauché, demain, par une rupture d'anévrisme.

– Crois-le si tu veux. Bon, moi j'en ai marre d'attendre, je retourne à l'hôpital.

11

– Je ne veux plus vivre avec ce type, il me dégoûte.

– Ce type s'appelle Olivier, il est le père de ton fils et mon ami, répliqua sèchement Rémi.

– J'ai pris un appartement, je déménage le week-end prochain.

– Ne lui fais pas ça, Stéphanie... Si tu l'aimes un peu...

– Mais je ne l'aime pas

– Oooh !.. Ne dis pas de conneries, merde ! On ne fait pas un enfant avec un mec sans l'aimer.

– T'as lu ça dans *Famille chrétienne* ? Moi je ne l'aime pas, mais lui c'est mieux, remarque, je n'avais pas dit bonjour qu'il voulait déjà me mettre enceinte. Fondu d'amour... J'ai jamais compris comment c'était possible un truc pareil...

– ...

– Toi non plus, apparemment. T'es toujours là ?

– Oui.

– Il ne bande plus, tu sais ?

– Ça reviendra, sois un peu patiente. D'ailleurs, comment tu le sais, toi ? Tu n'es pas allée y voir...

– Si, j'ai demandé à l'infirmière la permission de lui tailler une pipe dans son fauteuil roulant.

– Très drôle.

– Ça fait des siècles qu'il ne bande plus, il te l'avait pas dit ?

– Attends au moins quelques mois pour partir...

– Non. De toute façon je le lui ai annoncé, déjà.

– Stéphanie ! T'as pas fait ça, j'espère ?

– Par courrier, si.

– Mais quand ? Où ? Où l'as-tu envoyée la lettre ?

– Dans sa maison de vieux, là-bas, à Trifouillis-les-Deux-Oies.

– Oh ! putain ! Mais tu vas le tuer, Stéphanie.

Rémi était encore au lycée, dans la salle des professeurs. Il calcula qu'en partant immédiatement il pouvait éviter les embouteillages et être à Saint-Germain-en-Laye dans une heure.

Olivier avait essayé de se balancer du balcon de sa chambre, au deuxième étage, mais n'était parvenu qu'à tomber de son fauteuil, ses jambes ne le portant plus. Cela s'était passé aux environs de midi ; en conséquence, la direction venait de le transférer dans une chambre en rez-de-jardin aux fenêtres verrouillées. On pouvait le surveiller depuis la porte par un judas.

Il était assis dans son lit devant la télévision quand Rémi entra.

– Olivier, ne recommence pas ça. Si tu étais foutu, je comprendrais, mais les médecins assurent que d'ici un an ou deux tu auras récupéré tes jambes et le reste...

Olivier le scruta silencieusement. On le lui répétait dix fois par jour que d'ici un an ou deux... et soit il n'y croyait pas, soit il s'en fichait. Il ne parlait plus guère, quand il s'y essayait les mots ne sortaient pas indemnes, ils étaient comme défigurés par les coups, eux aussi, apeurés, tâtonnants.

– Viens, dit Rémi, on va s'en griller une petite dans le parc.

Il le fit glisser sans difficulté dans son fauteuil roulant et ils sortirent. C'était avril enfin, on s'éloignait de l'hiver, les arbres fleurissaient timidement et les jours allongeaient.

Rémi nota qu'Olivier tenait maintenant la tête constamment inclinée sur le côté, puis il fut frappé par la pauvreté de ses cheveux. Où était passée sa tignasse brune d'adolescent ? En quelques mois, elle avait fondu, virant à l'anthracite terne. Les poils de sa barbe aussi grisonnaient.

Ils s'arrêtèrent sous un orme où l'on avait installé un banc. Rémi alluma une cigarette et la lui colla entre les lèvres. Les mains d'Olivier semblaient s'être racornies, la droite surtout dont les doigts demeuraient contractés ; elles tremblaient.

– Ne prends pas au pied de la lettre tout ce que raconte Stéphanie, dit Rémi, elle est encore sous le choc, tu t'en doutes bien. Et puis elle est très jeune, hein, c'est normal qu'elle perde un peu la boule...

Les lèvres crispées sur sa cigarette, un œil à demi clos, Olivier ne parut pas l'entendre.

– Tu es d'accord ou je t'emmerde ?

Il eut un geste vague du bras comme pour signifier qu'il était fatigué, ou qu'il s'en foutait.

– Tu as eu d'autres visites, aujourd'hui ?

– Claire, dit-il.

– Comment tu l'as trouvée ?

Il haussa les épaules. Mais un moment plus tard,

prenant soin de poser d'aplomb chaque mot, il ajouta lentement :

– Je l'ai vu, le type.

Rémi crut discerner un rien de coquetterie, ou de malice, dans le ton.

– Quel type ? demanda-t-il en souriant, tout en se rapprochant, trop heureux de cette complicité.

– Pierre. Planqué dans la voiture.

Il indiqua du menton l'endroit où se trouvait la voiture, sous les arbres, puis il fit comprendre à Rémi qu'il n'avait pas les yeux dans sa poche, malgré tout.

– Ah ! d'accord, dit celui-ci. D'accord.

Claire s'était donc fait accompagner par ce Pierre pour lequel elle prétendait « ne rien éprouver de sérieux ». Il n'y avait plus qu'elle pour employer de telles expressions, songea-t-il. Rémi avait croisé Pierre à deux ou trois reprises, il avait essayé de savoir si elle couchait avec lui mais n'avait rien obtenu de probant.

– On se promène un peu, ou tu préfères rentrer ?

– Rentrer.

Olivier n'ouvrit plus la bouche ce soir-là.

– Demain je n'ai pas cours avant quatorze heures, lui dit Rémi après l'avoir rallongé. Attends-moi pour le petit déjeuner, tu veux bien ? On passera la matinée ensemble.

Pour toute réponse, il ferma les paupières. Rémi fut effrayé par son teint de terre. Il l'embrassa sur le front en lui pressant le poignet et s'enfuit.

On roulait au pas à hauteur de Rueil. Il s'arrêta sur le bas-côté et appela Pascale.

– Ça ne va pas du tout, il a essayé de se foutre en l'air.

– Oh non !...
– Stéphanie se barre, elle le lui a dit.
– Tu es où, là ?
– Sur la route, j'en reviens.
– Passe à la maison après dîner, Jean-Xavier sera là.

Claire était également présente. Rémi en fut immédiatement contrarié.

– Tu ne le lâches plus, décidément...

Il en voulut à Pascale de l'avoir prévenue, songea que Claire était assez gourde pour envisager de reprendre Olivier chez elle, et le lui dit :

– Tu ne comptes tout de même pas le récupérer ?

Et comme elle se rasseyait, le visage fermé, il ajouta :

– Tu es la dernière personne à pouvoir faire quelque chose pour lui... bien que tu en crèves d'envie naturellement.

– Là je te trouve vraiment lourd, Rémi, s'écria-t-elle. Dans un moment pareil...

– C'est vrai, tu dépasses un peu les bornes, abonda Pascale.

– Claire est bien du genre à tendre l'autre joue, non ? Je me trompe ?

– En l'occurrence tu te trompes, oui, répliqua Claire. Mais Olivier n'en demeure pas moins le père de Julien.

Il y eut un silence, seul Jean-Xavier semblait dans son assiette.

– Raconte-nous plutôt dans quel état il t'a paru, demanda-t-il à Rémi.

– Démoli, on le serait à moins. Mets-toi à sa place, demain tu te retrouves dans une petite charrette et Pascale t'annonce qu'elle se tire...

– C'est pas le même contexte, on en parlait avant que tu arrives. Ils vivent ensemble depuis à peine un an...

– Il s'est jeté sur cette fille sans la connaître, ajouta Pascale, et tu sais bien pourquoi au fond. La seule fois où je l'ai vue, elle, j'ai été frappée par sa ressemblance avec Hélène. Excuse-moi, Claire...

– Elle était consentante, non ? lança méchamment Rémi.

Il était en colère, mais bien plus contre Claire que contre Stéphanie dont il acceptait l'attitude parce qu'il s'y attendait depuis le premier jour. Il n'éprouvait aucun intérêt pour Stéphanie, ne s'était jamais fait aucune illusion sur son compte. En revanche, pourquoi Claire l'exaspérait-elle à ce point, ce soir ?

– Elle était certainement consentante, poursuivit Jean-Xavier, mais on peut comprendre qu'à son âge elle ne puisse pas penser une seconde vivre le restant de ses jours avec un homme diminué.

Et qui ne bande plus, songea Rémi. Qu'Olivier ne puisse plus baiser, lui qui faisait si légèrement les enfants, procurait à Rémi une amère satisfaction.

– Oui, bon, dit-il, laisse tomber Stéphanie. Pour Olivier, qu'est-ce qu'on fait ?

– Contrairement à ce que tu crois, Rémi, je n'ai pas l'intention de le séquestrer à Senlis, dit Claire, mais je voudrais que vous vous chargiez de lui. Voilà, je vous le demande. Il ne faut pas le laisser là-bas...

Elle était donc venue sans arrière-pensées, Rémi en fut à la fois soulagé et confus.

– Je veux bien le prendre aux Lilas, dit-il. Tout le temps qu'il faudra.

– Tu es sûr ? intervint Pascale, parce que s'il le faut, nous aussi... C'est peut-être un peu plus compliqué avec les étages, les enfants, mais c'est possible...

Il fut décidé que Rémi l'accueillerait, l'ancienne miroiterie, de plain-pied sur la cour, offrirait à Olivier une liberté de mouvement qu'il ne trouverait pas chez Pascale et Jean-Xavier.

Rémi ne s'était pas trompé en réalité ; sous le choc de la tentative de suicide d'Olivier qu'elle avait vu le matin même, et apprenant que Stéphanie le quittait, Claire avait bel et bien décidé de le reprendre à Senlis. Ça serait un excellent prétexte pour éloigner Pierre auquel elle se refusait, mystérieusement, malgré le plaisir grandissant que lui apportait sa présence. Elle reprendrait Olivier, oui, elle était arrivée chez Pascale avec cette idée, sans espoir de reconstruire leur bonheur d'autrefois, mais par simple esprit de sacrifice. La violence de Rémi, sa lucidité grinçante, l'avaient douchée ; elle avait dû changer son fusil d'épaule.

Elle se sentit libérée d'un poids en sortant de cette espèce de conseil de guerre et respira avec volupté les senteurs tièdes de la nuit. Elle avait promis à Pierre de l'appeler et elle entra dans la première cabine.

– C'est moi, dit-elle.

Lui perçut ce qu'il y avait d'offrande, d'attente, dans ces deux mots. Il ne posa aucune question et, après un silence délicieux, il dit gravement :

– Viens, je t'attends.

Claire n'avait pas fait l'amour depuis un an. Elle fit au début les gestes qu'aimait Olivier, maladroite, épuisée d'émotion, ne sachant plus rien d'autre, mais bientôt désorientée, puis étourdie, elle laissa cet étranger, haletant et décidé, plier son corps à d'autres désirs, à une autre cadence. Il lui murmura combien il aimait sa peau, ses hanches, et elle qui deux heures plus tôt se figurait en garde-malade s'entendit balbutier qu'il pouvait bien faire d'elle ce qu'il voulait. Elle sut gré à Rémi de l'avoir libérée d'une culpabilité qu'on lui avait fichue sur le dos sans qu'elle y prenne garde.

Rémi débarqua à Saint-Germain-en-Laye peu avant huit heures, avec des croissants. Des traînées de brume flottaient sur le parc. Lui qui aimait la ville en eut le cœur serré. Il quitta le chemin, s'enfonça sous les arbres, retenant son souffle, et soudain il imagina ce que dirait Claire, et même Olivier, s'ils le surprenaient... Des années durant il s'était moqué de leur maison dans les bois. Il en avait rajouté dans le côté rat des villes, alors qu'il n'était pas insensible aux frémissements du printemps, par exemple. Mais aussi, ils étaient énervants à étaler leur bonheur !

Olivier lui trouva l'air illuminé.

– C'est l'infirmière qui te met dans cet état ? articula-t-il.

– Oui, mentit Rémi qui ne l'avait pas vue.

– Elle est maquée avec un des toubibs.

– Comment tu le sais ?

– Quand t'es un légume, tu peux tout demander à une fille.

– Arrête Olivier ! T'es pas un légume, merde ! Dans

un an tu remarcheras, tu rebanderas comme tout le monde, je me suis renseigné...

– Je bande déjà, merci, j'ai découvert ça ce matin.

– Ah, enfin une bonne nouvelle !... Je vais chercher du café ?

Ils déjeunèrent en silence. Olivier ne commandait plus une partie de sa bouche et ses gestes n'étaient plus synchronisés, Rémi dut l'aider à boire.

– Même me torcher, l'entendit-il, entre deux gorgées, mais si bas qu'il crut préférable de ne pas relever.

Puis l'orthophoniste se présenta et Rémi sortit.

Estelle l'attendait au lit, la veille au soir, avec ses journaux et ses cigarettes. Il avait noté qu'elle n'avait pas encore bu son somnifère, le verre d'eau était intact.

– Olivier va très mal, j'ai proposé qu'on le prenne à la maison.

– Oui, bien sûr, ne t'inquiète pas.

Elle avait tendu un bras pour l'attirer près d'elle. Il s'était assis par terre, elle lui avait caressé les cheveux.

– Ne t'inquiète pas, avait-elle répété.

Peu importe qu'Olivier l'agace, Estelle aurait offert de l'héberger si Rémi ne l'avait pas fait. Il le savait. Estelle, éduquée à se dresser contre l'égoïsme, la mesquinerie de ceux que ses parents qualifiaient de « petits-bourgeois ». Les petits-bourgeois l'avaient emporté, la guerre était officiellement close, son père avait succombé dans la défaite, mais Estelle poursuivait le combat. C'était son ressort intime, elle ne renoncerait pas. Rémi fut tenté de l'appeler pour lui redire qu'il l'aimait, elle s'était endormie dans ses bras, cela n'arrivait presque jamais, la plupart du temps elle s'écartait pour chercher le sommeil, étroitement lovée sur ses secrets. Elle dirait : « Moi aussi, Rémi, mais tu sais... – Oui, excuse-moi, je te dérange. » Il renonça et reprit un café au distributeur.

L'orthophoniste vint l'avertir qu'elle avait fini, Olivier l'attendait. L'orthophoniste n'était pas jolie, mais son sourire mettait en confiance, il avait ce don particulier.

– Comment vous le trouvez ? demanda Rémi.

– C'est difficile, mais on n'en est qu'au début. Les progrès dépendent beaucoup des motivations de chacun...

– Et lui n'est pas très motivé, c'est ça ?

– Disons que je dois redoubler d'attention pour l'entraîner.

Son visage terne s'éclaira. Alors l'idée saugrenue traversa Rémi que c'était une femme de ce genre qui conviendrait désormais à Olivier, et pourquoi pas elle si elle était libre ? Il n'y avait pas de temps à perdre.

– C'est un métier difficile, hein ? Vous le faites depuis longtemps ?

– Pas loin de quinze ans, malgré tout...

Et elle partit d'un rire léger, comme pour écourter la conversation.

– Avec un mari et des enfants à la maison, je suppose, lança précipitamment Rémi.

– Exactement ! Pardonnez-moi, je suis déjà en retard.

Olivier s'était assoupi, fatigué par sa séance et probablement aussi abruti de médicaments. Rémi fureta un moment dans la chambre, puis ne sachant que faire s'affala dans le fauteuil et alluma la télévision. Deux hommes et un arbitre débattaient d'un problème de subventions. Il finit par comprendre que l'un était le maire Front National d'Orange, et l'autre un député socialiste qui soupçonnait le premier de chercher à dénaturer les Chorégies après avoir poussé à la fermeture la quasi-totalité des associations culturelles de sa ville. Quand l'un parlait, l'autre souriait, voire ricanait, et aucun mot ne résistait à cette démonstration silencieuse et gratuite de mépris. Rémi le constata avec une exaspération croissante bien que pour sa part il se soit d'emblée rangé derrière le socialiste à l'œil gris et vif.

La porte de la chambre fut violemment ouverte, et Olivier tiré de son sommeil. On déposa une lettre sur sa table de nuit et on s'éclipsa comme on était entré.

– Qu'est-ce que c'est ?

– Tu as du courrier, dit Rémi en éteignant l'écran.

Olivier déchira l'enveloppe et en parcourut le contenu. Il n'y avait que quelques lignes. Il y revint, sans cesser de grimacer, comme sous l'effet d'un gros effort.

– Elle me quitte, souffla-t-il. Tiens, lis.

C'était la lettre de Stéphanie. Elle écrivait que depuis pas mal de temps elle se demandait ce qu'elle foutait dans cette histoire sans queue ni tête... Rémi n'alla pas jusqu'au bout.

– Je ne comprends pas, dit-il.

– Moi si. Ça n'arrive pas au meilleur moment, mais...

Il n'acheva pas. Rémi s'extirpa de son siège et fit quelques pas vers les baies vitrées pour cacher sa confusion. Ça n'était donc pas Stéphanie qui avait poussé Olivier à en finir, il s'était trompé.

– Elle y va fort quand même, dit-il.

Olivier paraissait un peu abasourdi, mais il n'avait pas l'air d'un homme qui se noie. Il semblait plutôt méditer.

– Je ne sais pas s'il faut prendre ça très au sérieux, ajouta Rémi à tout hasard.

– Si. Mais c'est passé, tu sais, je veux dire la folie, l'émotion, tout ce que j'éprouvais pour elle...

– ...

– C'est toi qui avais raison, Rémi, je n'aurais pas dû.

– Pas dû quoi ?

– Quitter Claire. Tu ne peux pas savoir comme elle me manque...

Il se mit à pleurer doucement. Rémi chercha désespérément des mots de réconfort, lui qui était un spécialiste, mais cette fois il ne trouva rien. Pas un instant il n'avait imaginé que Claire pût revenir sur le devant de la scène. Alors il se souvint de l'échange aigre-doux qu'il avait eu avec Julien, au salon de thé, le jour de l'accident cérébral d'Olivier. Julien prétendait que son père avait voulu mourir parce qu'il ne voyait plus comment renouer avec Claire, et lui l'avait assez sèchement mouché. Mais Julien n'avait peut-être pas tort finalement... Soudain l'esprit de Rémi s'enflamma : c'était après avoir vu Claire hier matin, et découvert Pierre qui patientait dans sa voiture, sous les arbres, qu'Olivier avait tenté de se jeter du deuxième étage... Oh ! Seigneur ! Et ne le comprenant pas, alors qu'il tenait l'information d'Olivier lui-même, Rémi avait lancé à Claire, hier soir encore, qu'elle était la dernière personne à pouvoir faire quelque chose pour lui...

Tandis qu'elle pouvait tout pour lui ! Tout ! Un geste d'elle et Olivier était sauvé.

– Tu veux que j'essaie de lui parler ? proposa-t-il.

– Non, plus maintenant, plus dans cet état... Oh ! putain ! Je voudrais mourir, Rémi.

– Arrête, Olivier. Arrête. S'il te plaît. Julien t'aime, tu ne devines pas combien il t'aime. Hugo va avoir besoin de toi. Et nous, Pascale, moi...

– Mais j'en peux plus, tu vois bien...

– Je vais t'embarquer, c'est sinistre ici... Qu'est-ce que tu dirais d'habiter à la maison ?

– Je n'arrive même pas à pisser tout seul...

– On inventera un truc, on se démerdera.

– Non.

– On l'a décidé avec Pascale. Écoute-moi, Olivier. On l'a décidé. Tu m'entends ? Estelle propose de t'aménager la grande pièce du bas de plain-pied sur la cour. Tu te baladeras, tu iras où tu veux...

– Estelle ne me supporte pas, tu le sais très bien.

– Tu fais chier, c'est elle qui l'a proposé, je te dis. Bon, maintenant rendors-toi, j'en ai au moins pour une heure à faire les papiers et on se tire d'ici.

– Non.

– Si.

12

Avril s'achevait, il y avait une quinzaine de jours qu'Olivier habitait aux Lilas. Estelle n'avait rien changé à ses habitudes, elle ne faisait aucun effort particulier pour lui être agréable. Aussi Olivier s'était-il organisé petit à petit comme s'il vivait seul. Il apparaissait dans la cour vers dix heures et demie, alors qu'Estelle était au travail depuis près de deux heures. Il respirait l'air du matin en l'observant distraitement frapper sur son burin, avant de lancer ses premiers tours de roue. En passant devant l'atelier, il la saluait, elle lui rendait son sourire. Il effectuait plusieurs tours de cour pour s'échauffer, puis il s'immobilisait devant la grille et entreprenait sa rééducation. Accroché des deux mains aux barreaux, il se dressait sur ses jambes jusqu'à n'en plus pouvoir. Il déjeunait seul, Estelle pique-niquait plus tard de deux tomates et d'un morceau de fromage. Alors lui faisait la sieste. Quand il se relevait, elle était le plus souvent déjà partie, sa blouse poussiéreuse pendait au crochet dans la cuisine. Ou parfois, elle finissait sa toilette, pressée de s'en aller. Elle était fatiguée et n'avait pas envie de parler. Olivier avait hâte qu'elle disparaisse pour disposer de la salle de bains. Rémi lui avait installé des trapèzes au-dessus des toilettes et de la baignoire, de sorte qu'il parvenait à gérer son corps sans l'aide de personne, tant bien que mal. Après cette séance d'acrobaties qui l'épuisait, il allait sans forcer flâner derrière le cimetière. Cette promenade était le meilleur moment de sa journée, les rues pavillonnaires qu'il parcourait, aux jardins clos, aux senteurs de géraniums, lui évoquaient l'arrière-pays de Langrune où sa mère l'emmenait à la plage, enfant. Estelle rentrait avec les journaux, apaisée, disponible enfin. Elle proposait un verre de vin qu'ils buvaient dans la cour s'il faisait beau, en fumant une cigarette. Ils échangeaient parfois des propos sur les affaires du monde, mais jamais sur les leurs, comme si se côtoyer suffisait largement en la matière. Elle racontait deux ou trois choses qu'elle avait lues dans un article et lui, qui ne se sentait pas concerné, l'interrogeait en s'étonnant secrètement qu'elle puisse prendre à cœur les déboires de telle ou telle communauté d'un pays dont il oubliait aussitôt le nom. Surgissant au volant de sa guimbarde, Rémi bousculait ce rituel. Lui, au contraire d'eux deux, voulait tout connaître de leur journée. Il les étourdissait de questions dont il écoutait à peine les réponses, se servant du vin, ouvrant son courrier, allant et venant, incapable de s'asseoir, et rythmant cette prétendue conversation d'exclamations et de claquements de mains censés donner un sentiment d'intensité, presque de fièvre, à la vie locale.

Pascale et Jean-Xavier participaient également à cette agitation. Depuis l'arrivée d'Olivier ils s'étaient invités pratiquement tous les soirs, ensemble au début, puis séparément, Pascale démarrant un tournage qui ne lui laissait plus beaucoup de liberté. Jean-Xavier, qui durant des années était apparu comme le faire-valoir convenu et un peu ennuyeux de sa femme, semblait prendre plaisir à venir seul. On aurait dit qu'il découvrait les bienfaits d'une relation dont il s'était tenu à l'écart jusqu'ici, sans doute parce qu'il jugeait qu'Olivier et Rémi étaient les amis de Pascale et non les siens. Pour la première fois il leur avait parlé, autrement que par ellipses, de cette enfance particulière qu'il avait eue chez son illustre grand-père. Et comme Rémi le questionnait sur son père, il leur avait livré le secret de sa vie d'homme : ce manuscrit qu'il poursuivait depuis plus de quinze ans maintenant, en marge de ses fonctions au Quai d'Orsay. Ce n'était au départ, avait-il dit, qu'une tentative hargneuse et encore adolescente de dézingage d'un vieil autocrate pour rendre justice à un père qu'il avait peu connu, puis c'était devenu, au fil des pages, une réflexion plutôt brouillonne sur la relativité des connaissances dont il lui arrivait de ne plus bien discerner la finalité. Il s'était moqué de lui – tant d'heures volées au sommeil, au plaisir, à sa famille, pour parvenir à la conclusion qu'aucune certitude ne résiste au doute, ce que chacun savait déjà, est-ce que ça n'était pas un peu ridicule ? –, mais ils avaient perçu qu'il était en plein désarroi. Cela avait créé entre eux un début d'intimité, de complicité.

Jean-Xavier débarqua ce soir-là sur les talons de Rémi. Il venait de passer une journée pénible au bureau à s'interroger sur son manuscrit, comme si d'en avoir révélé l'existence lui permettait de mieux en mesurer la vanité. Il voyait un nouvel été approcher et le livre n'était toujours pas fini. Déjà, l'an dernier au printemps, il s'en était voulu de n'avoir pas vu grandir ses enfants, or il avait de nouveau passé le mois d'août enfermé au lieu de profiter des plages de Douarnenez avec les siens. Allait-il recommencer cette année alors qu'il était le premier à convenir que cette somme de mille six cents pages et des poussières ne rimait probablement à rien ? Il en convenait, oui, mais en espérant de toutes ses forces le contraire. Il avait été touché de l'attention qu'on lui avait prêtée aux Lilas. Aucun n'avait cru à la soi-disant légèreté de son histoire. Estelle l'avait observé avec curiosité, et peut-être sympathie, Rémi avait jugé qu'il devait faire lire son travail de toute urgence, avant l'été, avait-il insisté, et Olivier, qui n'avait pas compris que Rémi faisait allusion à une maison d'édition, s'était offert comme lecteur.

Ils bavardaient dans la cour, autour d'une table de jardin bancale, quand Jean-Xavier y pénétra. Estelle disait alors sourdement que si l'Europe n'était pas intervenue cette fois au Kosovo, elle aurait envisagé de partir vivre sur un autre continent.

– Et qu'en pense le petit-fils du père de l'Europe ? lança Rémi, tout en shootant dans une bouteille vide d'eau minérale.

Jean-Xavier balbutia qu'en effet l'Europe jouait son avenir au Kosovo. Puis il s'arrêta là, car au fond il s'en foutait ; en pleine guerre, il n'avait même pas pris la peine d'acheter les journaux. Son Kosovo à lui était ce manuscrit, il en eut vaguement honte. En parler avait déclenché un processus qui le dépassait ; jamais, comme maintenant, il n'avait eu conscience du risque considérable qu'il avait pris en investissant tant d'années, tant de lui-même, dans cette entreprise hasardeuse. Comment se relèverait-il d'une condamnation sans appel après avoir cru par moments, quoi qu'il prétendît, faire une œuvre comparable aux *Méditations métaphysiques* ? Comment se relèverait-il ?

– Assieds-toi, mon chéri, dit Rémi en attrapant une chaise, je t'apporte ta Badoit.

Estelle avait le regard perdu dans son verre de vin. Il n'y avait pas que le Kosovo. Elle avait accepté de participer à une exposition : « Comment les artistes voient le XXIe siècle », or la paix durable qu'elle imaginait, et qu'elle appelait de ses vœux, n'engendrerait, pensait-elle, qu'une déliquescence des sentiments.

Olivier, de son côté, observait Jean-Xavier. Il l'avait longtemps envié pour cet air de diplomate en représentation qu'il arborait partout, estimant que c'était cela qui lui avait permis de l'emporter dans le cœur de Pascale, or il lui semblait qu'un ressort venait de casser.

– Pascale ne te rejoint pas ? demanda-t-il.

– Non, pas ce soir, elle tourne en province.

Jean-Xavier lui avait souri en pensant manifestement à autre chose. Quand Rémi revint avec la bouteille de Badoit, chacun paraissait absorbé dans ses propres réflexions.

– Je vous abandonne un moment, dit Olivier qui pivota lestement sur son fauteuil roulant.

– Il va mieux, constata Rémi.

Et comme ni Estelle ni Jean-Xavier ne lui faisaient écho :

– Vos commentaires me touchent beaucoup... Une cigarette, Jean-Xavier ?

– Je ne fume pas, merci.

– On avait remarqué, figure-toi... Non, ce qu'il faut maintenant, c'est lui trouver une femme. Tu ne vois personne au ministère ?

– Tu me l'as déjà demandé hier, mais je ne vois pas, non.

– Moi j'ai peut-être quelqu'un, une prof de dessin de mon bahut... C'est un peu le genre de Claire. Qu'est-ce que vous penseriez d'organiser un dîner ?

Il s'était tourné vers Estelle.

– Le prétexte, ça serait qu'elle fasse ta connaissance, mon Estelle. Je lui ai déjà parlé de toi, elle sculpte un peu aussi... Tu serais d'accord ?

Elle le considéra d'en dessous, ironique ou méchante, puis elle haussa les épaules.

Olivier allait mieux, oui. Peu après son arrivée aux Lilas, fouillant dans des papiers qui lui venaient de sa mère, il avait découvert que son père était mort d'une attaque cérébrale. Cela l'avait atterré. Sans les progrès de la médecine, j'y serais passé aussi, s'était-il dit, c'était écrit. L'idée qu'il avait survécu à la condamnation du ciel, puis à une tentative de suicide, l'avait alors rapidement convaincu de profiter de son sursis, comme un tricheur de l'argent qu'il n'aurait pas dû gagner. Il n'était pas naïf au point de croire que cette pirouette lui suffirait à surmonter durablement ses cauchemars et son handicap, mais elle allait par instants jusqu'à lui procurer une forme de jubilation.

Estelle proposa qu'on aille au restaurant pour changer.

– Ah, ça c'est une idée ! bondit Rémi. À la Bastille, tiens, comme ça Jean-Xavier n'aura qu'à traverser la Seine pour rentrer se coucher.

Jean-Xavier opina.

– Tu sais que c'est pas si grave, renchérit Rémi en le décoiffant d'une envolée du bras et, sans attendre, il rembarqua les bouteilles vers la cuisine à grandes enjambées.

Olivier parut assez satisfait de se retrouver pris dans ce tourbillon. On l'installa à l'avant, à côté de Rémi, et on casa son fauteuil dans le coffre. Estelle monta derrière. Jean-Xavier les suivait.

On eût dit qu'ils n'étaient pas ensemble en entrant chez Bofinger. Rémi plaisantait en poussant Olivier, son long corps plié en avant, l'un et l'autre riaient. Estelle venait loin derrière, le front soucieux. Elle regrettait finalement d'être sortie. Chez elle, elle se serait enfermée à l'étage pour avoir la paix. Pourquoi avait-elle accepté cette exposition idiote ? C'était sûrement l'idée d'un publicitaire. Elle se sentait, elle, une enfant du XXe siècle, celui où tant de peuples s'étaient soulevés, où tant d'hommes et de femmes étaient morts pour un juste combat, elle n'en avait pas fini avec ce siècle-là. Ce qu'elle imaginait du suivant, ce qui se dessinait déjà, cette espèce d'hystérie collective autour du couple, de l'idéal amoureux, faute d'autres défis, ne l'intéressait pas. Elle n'avait rien à en dire. Qu'ils continuent sans moi, songea-t-elle. Jean-Xavier, lui, s'était immobilisé près des vestiaires, ahuri peut-être par la fumée, le brouhaha, les mains dans les poches, ailleurs, un peu comme ces hommes qui se savent attendus par une épouse mais qui pensent à une autre.

Tout de même ils se rejoignirent tous les quatre à une table. Ils discutaient des menus quand un couple s'approcha. Rémi le premier les vit et en perdit la voix.

Alors Estelle, qui lui faisait face, se retourna vivement. Elle aperçut bien une jeune femme qui tirait par la main un homme brun, élégant et mince, mais comme elle ne connaissait ni l'une ni l'autre, elle revint à Rémi, perplexe. Entre-temps Olivier s'était figé.

– Olivier ! Ça alors !... s'exclama la jeune femme. Je te présente Loïc. Et s'adressant à Loïc : C'est le père d'Hugo.

L'homme serra sèchement la main aux doigts tors que lui tendait Olivier. Ils n'échangèrent qu'un regard furtif.

– Tu remarches un peu maintenant ? demanda-t-elle.

Olivier secoua la tête. Il était gris, il n'avait plus du tout de sang dans le visage.

– Toi, c'est Rémi, poursuivit-elle, je te reconnais, on se croise à l'hôpital d'habitude. Mais les autres, hein ?...

– Estelle et Jean-Xavier, articula péniblement Rémi.

– Stéphanie, se présenta-t-elle.

Estelle la dévisagea.

– Bon, dit Rémi, je vous conseille le petit salé, il n'est pas mauvais ici.

Le compagnon de Stéphanie eut un instant de flottement, puis il l'entraîna sur un vague signe du menton.

– On sait au moins qu'elle va bien, c'est déjà ça, s'empressa Rémi en se recalant sur la banquette.

Olivier parvint à émettre un grognement sourd.

– Ça m'a foutu un coup, avoua-t-il.

Ses mains tremblaient. Jean-Xavier l'observait avec une infinie compassion.

– On s'en doute, dit Rémi, on s'en doute... Un sacré coup même, ah ! ça oui !

Il héla le garçon et commanda du vin.

– Si possible tout de suite, lui souffla-t-il, on en a besoin.

– J'étais mort, reprit Olivier, et c'est comme si on m'avait brutalement ressuscité...

– Arrête, tu n'as jamais été aussi vivant.

– Écoute-moi, Rémi. Écoute-moi, s'il te plaît. Normalement, je devrais être mort, on ne survivait pas à ce truc avant. Tu es d'accord ? Tu es d'accord, oui ou non ?

– Oui, oui, mais tu sais...

– Écoute-moi !... C'est ça qui m'aide à oublier. Quand je pense à Hugo, par exemple, je ne souffre pas parce que je me vois au ciel, trop loin de lui pour l'aimer. Je ne suis qu'aux Lilas, mais pour moi c'est comme si j'étais au ciel, retiré de la vie. J'ai fait Hugo juste avant de mourir, tu comprends ? Je me disais que jamais je ne chercherais à le revoir cet enfant, ma mort me convenait, elle avait tout anéanti. Je pouvais recommencer à respirer, incognito, clandestin. Enfin, j'essayais de m'en persuader, c'est plutôt ça, oui, j'essayais de m'en persuader, jusqu'à ce soir...

– Tôt ou tard ça serait arrivé.

– Fais-moi appeler un taxi, je préfère rentrer.

– Non, tu vas boire un coup, ça va aller. Et puis je veux qu'on décide pour cet été. Pourquoi on ne louerait pas une baraque tous ensemble quelque part ?

Il ne s'était adressé qu'à Jean-Xavier soudain, comme si l'avis d'Olivier n'importait pas.

– Ça vous changerait de Douarnenez où Pascale s'emmerde depuis quinze ans.

– Qu'est-ce que tu racontes ? répliqua doucement Jean-Xavier. Pascale...

– Mais évidemment qu'elle s'emmerde ! le coupa Rémi en tapant sur la table, seulement jamais elle n'osera l'avouer. Douarnenez, la maison de famille, les enfants, les courses, les repas... Elle fait semblant, mais elle étouffe. Dis-le-lui, Olivier. Dis-le-lui. Nous qui la connaissons depuis longtemps, Jean-Xavier, on peut t'assurer qu'elle était bien cinglée avant de te rencontrer...

Jean-Xavier prit le temps de boire.

– Bon, dit-il, après tout pourquoi pas ? Tu lui en as déjà parlé ?

– Non, j'ai eu cette idée hier en déjeunant avec Julien.

Olivier ne releva pas. Rémi avait donc déjeuné avec son fils sans qu'il le sache. Cela le réconforta. Rémi pensait à tout, il décidait à sa place. Tant qu'Olivier vivrait aux Lilas, Rémi le protégerait. Il n'aurait pas dû sortir, rien ne serait arrivé s'ils avaient dîné dans la cour.

– Dans quelle région tu aimerais louer ? reprit Jean-Xavier.

– Julien voudrait aller sur l'océan, pour les rouleaux...

Un moment plus tard, Rémi ramena la conversation sur Douarnenez, pris de remords, comme d'habitude après s'être emporté.

– Cela dit, Pascale l'aime bien votre maison... C'est ton père qui l'avait achetée ?

– Mon grand-père, pour se faire élire député.

– Celui que tu dézingues dans ton livre ? intervint Estelle.

– Oui. Enfin, que je dézingue...

– L'expression est de toi.

Jean-Xavier parut troublé et se tut.

– Je ne comprends pas comment tu peux habiter dans la maison d'un type que tu assassines, reprit Estelle, cherchant à capter son regard.

Il y eut un assez long silence, puis Jean-Xavier, qui était assis à sa droite, pivota légèrement pour lui faire face.

– C'est vrai, mais je ne m'en suis fait la réflexion que tout récemment, imagine-toi, en songeant que s'il ne m'avait pas légué cette propriété, et deux ou trois autres encore, j'aurais eu un plaisir particulier à chercher une maison avec Pascale dans un coin qui nous aurait plu à l'un comme à l'autre. On s'est satisfaits de Douarnenez au lieu de choisir notre endroit, d'y planter des arbres, d'y prendre racine. D'une certaine façon, même mort mon grand-père nous aura parasités... Bon, mais j'ai honte de me plaindre quand tant de gens n'ont pas de quoi...

Estelle se remit à manger. Jean-Xavier aurait aimé qu'elle lui donne son avis, mais cela avait cessé de l'intéresser.

Rémi fit encore apporter du vin, les fit boire et but beaucoup lui-même.

Estelle croisa le regard d'Olivier le lendemain matin. Depuis quand l'observait-il ? Il n'avait même pas pris la peine de se coiffer. Elle lui sourit, puis sans lâcher son burin leva le pouce pour l'encourager, ou peut-être lui demander si tout était OK parce que ça n'avait pas l'air. Un instant il continua de la fixer, inexplicablement, puis brusquement il se détourna et voulant démarrer fit faire une embardée à son fauteuil. Il se reprit nerveusement. En passant devant l'atelier, il ne leva pas les yeux pour la saluer, d'ailleurs il se tenait le dos si rond, si ramassé sur lui-même, tricotant des coudes avec une telle hargne qu'on aurait dit un de ces imbéciles qu'on rencontre dans les maisons spécialisées.

Après deux ou trois tours seulement, il heurta la grille du genou, pivota et n'alla pas plus loin. Il déplia son buste, laissa pendre la tête en arrière ; il paraissait hors d'haleine. Bientôt elle le vit tendre les bras pour accrocher les barreaux, renoncer, dodeliner de la tête, puis de nouveau tendre les bras. Il parvint à se mettre debout, mais au lieu de se rasseoir aussitôt et de répéter le mouvement, il demeura comme statufié. Il tournait le dos à Estelle. Pendant un long moment rien ne bougea plus de son corps, de sorte que petit à petit l'idée s'immisça dans l'esprit de la jeune femme qu'un événement imprévu se déroulait sous ses yeux. Peut-être l'implorait-il silencieusement d'accourir à son secours. Peut-être mourait-il à trente mètres d'elle.

– Olivier ? appela-t-elle, mais bien trop bas pour qu'il l'entende.

Maintenant l'inquiétude lui nouait la gorge.

Elle déposa ses outils sans le lâcher des yeux, voulut encore l'appeler mais ne parvint à émettre qu'un infime vagissement.

Cependant, à l'instant où elle allait s'élancer, Olivier

lâcha prise. Il s'effondra dans son fauteuil d'infirme, resta l'échine brisée, puis lentement rejoignit la maison.

Estelle le suivit.

– Olivier ? appela-t-elle encore.

Il n'était pas dans la cuisine. Elle entrebâilla la porte de sa pièce, revint sur ses pas. Elle respirait péniblement.

– Olivier ?

Pourquoi se cachait-il ? Pourquoi refusait-il de lui répondre ?

Elle crut entendre un gémissement venant de la salle de bains, retint son souffle, puis frappa et entra. Il s'était fiché entre la machine à laver et la baignoire, dans cet étroit cul-de-sac, et il pleurait, le front contre le mur.

– Olivier.

Elle fit reculer le fauteuil, s'agenouilla, et s'emparant de son visage le blottit dans son cou.

– Je te trouve tellement courageux, murmura-t-elle. Tu m'entends, Olivier ? Chaque matin je t'admire, tu sais. Non, tu ne sais pas, j'aurais dû te le dire plus tôt. Je l'ai dit à Rémi, mais à toi je n'ai pas osé... Je n'ai pas osé... Je te trouve tellement courageux. Tu m'entends, Olivier ? Approche tes mains, prends-moi dans tes bras si tu veux. Tu veux ?... Je te plais un peu ? Ça fait si longtemps que plus personne ne te touche. Attends, je vais déboutonner ma blouse, tu vas glisser tes mains sous mes aisselles, là où la peau est moite et parfumée. Là, viens, n'aie pas peur... Touche-moi, tu as bien le droit, fais-toi plaisir... Tu veux caresser mes seins aussi ? Oui, tu veux ? Attends, je dégrafe mon soutien-gorge, là, prends-les dans tes mains. Prends-les, n'aie pas peur, tu as bien le droit. Ils sont petits, hein ? Rémi dit qu'il les aime comme ça, moi je pense qu'il ment. Tous les hommes préfèrent les gros seins, n'est-ce pas ? Dis-moi, toi. Dis-moi !

– Estelle, l'entendit-elle sourdement, mais pourquoi tu fais ça ? Pourquoi ? T'es complètement folle !

Il n'avait pas décollé le front de sa peau. Il respirait plus vite, comme si la vie le regagnait.

– On va se regarder, dit-elle. Tu auras la force de me regarder ? Tu n'auras pas honte ?

Et sans attendre, elle se détacha de lui. Olivier lui apparut sous les traits bouffis d'un enfant malheureux. Il voulut l'embrasser sur la bouche mais elle esquiva son baiser, se redressa, et comme la tête lui tournait, elle s'assit sur le rebord de la baignoire, ses mains de part et d'autre. Ils se considérèrent silencieusement. Elle attendit que son regard descende sur l'échancrure de sa blouse pour l'ouvrir complètement. Elle dévoila ses seins, puis ses épaules, et tout le buste. Alors rapidement elle s'extirpa d'un pantalon de plâtrier, une échasse après l'autre. Elle se rassit sur la baignoire, les jambes ouvertes. Elle était nue.

– Maintenant caresse-toi, dit-elle. Tu m'entends, Olivier ? Caresse-toi, tu as bien le droit, n'aie pas honte.

13

L'agitation permanente de Rémi avait longtemps rebuté Marianne. Elle ne le croyait pas sincère, elle ne croyait pas qu'on puisse être attentionné avec tout le monde comme il l'était. Plus prosaïquement, elle était agacée que les élèves persistent à le plébisciter alors que ses manières brouillonnes en faisaient à son sens l'un des plus mauvais professeurs de l'établissement, le seul en tout cas à sauter une bonne moitié du programme sans que personne ne trouve rien à y redire. Rémi l'avait conquise malgré elle, à l'occasion d'une grève des trains de banlieue. Elle habitait Le Raincy. Je te dépose, Marianne, lui avait-il dit en embarquant son cartable d'autorité. Elle, sèchement : Je te signale à tout hasard que ça n'est pas exactement sur ton chemin... Il n'avait même pas pris la peine de lui répondre, et elle avait dû le suivre. Dans les embouteillages, il avait découvert qu'elle était veuve depuis quatre ans, et sans enfant. Son mari était mort d'un cancer des testicules.

– Toi, tu n'as pas d'enfant non plus, n'est-ce pas ?

– On voulait en adopter plusieurs au début, imagine-toi, aujourd'hui on se satisferait bien d'un seul...

– Qu'est-ce qu'elle fait ta femme ?

C'est vrai ? s'était exclamé Marianne en apprenant qu'Estelle sculptait. Elle aurait tellement aimé, elle aussi... – Aimé quoi ? s'était enquis Rémi. – Je ne sais pas, travailler seule, vivre de ça... J'en rêve encore, du reste. – Mais tu peins, tu sculptes, tu fais quoi ? – Je sculpte un peu, oui.

Quelques jours plus tard, Marianne accepta sans enthousiasme l'invitation de Rémi. Ça ne l'enchantait pas de rencontrer une femme qui avait réussi là où elle avait échoué. Elle allait devoir refouler l'amertume qui progressivement lui empoisonnait la vie, son métier d'enseignante en particulier, pour s'extasier stupidement.

En fait, rien ne se passa comme elle l'avait envisagé, Estelle ne s'interrompit pas en plein travail pour lui sourire avec condescendance. Estelle n'était pas dans son atelier quand elle pénétra dans la cour et Marianne fut d'emblée sidérée par l'état de délabrement dudit atelier, comme du bâtiment d'habitation d'ailleurs, une espèce d'ancienne manufacture à la façade lépreuse dont les gouttières rafistolées fuyaient ici et là. Il pleuvait. Marianne dut enjamber plusieurs flaques d'eau pour atteindre le porche illuminé de la cuisine.

– Ah ! Marianne ! s'enflamma Rémi en la débarrassant de son parapluie. C'est vraiment gentil d'être venue. Tiens, voilà Olivier, mon meilleur ami, quarante et un ans, médecin, ancien top model, il a eu un petit accident de vélo, mais dans quelques mois ça ira beaucoup mieux. Donne-moi ton imperméable et ton cartable.

Rémi disparut avec ses affaires et Marianne se

retrouva seule en présence de cet infirme qui bafouilla quelques mots inaudibles puis alluma une cigarette.

– Vous êtes médecin ? s'enquit-elle, comme le silence menaçait.

– Je l'étais, oui. Là, je ne sais plus trop ce que je suis...

Elle songea qu'il avait dû être mignon autrefois, puis que ses longues mèches clairsemées, grisonnantes, aggravaient son côté maladif.

– Mais vous avez eu un accident de vélo, vraiment ?

– Non, de plomberie, fit-il en se frappant vulgairement le crâne du bout des doigts sans lâcher sa cigarette.

Il avait en effet un œil plus petit que l'autre et quelque chose d'asymétrique dans le bas du visage. Elle comprit.

– Oh ! fit-elle, excusez-moi.

– Je ne vous ai pas demandé si vous fumiez, dit-il en lui tendant son paquet.

– Non, merci.

Elle fit quelques pas et devant la petite glace, au-dessus du crochet où pendait la blouse d'Estelle, elle arrangea machinalement ses cheveux, ils étaient auburn et légèrement permanentés. Un cardigan citron et une jupe droite l'habillaient strictement.

Quand elle se retourna, elle croisa le regard d'Olivier qui se déroba aussitôt.

– Bon, dit-il, je vais chercher Rémi, je me demande ce qu'il fiche.

Elle le vit négocier avec habileté l'angle droit du couloir et s'y évanouir.

Alors elle revint à la porte-fenêtre qui était restée

ouverte sur la cour. C'était une pluie de printemps, abondante et dévastatrice. Elle charriait au seuil de l'atelier des bouts de bois et de plâtre, des bouteilles. Au Raincy, Marianne habitait au troisième étage d'un immeuble bourgeois du début de ce siècle dont les hautes fenêtres donnaient sur le parc de la mairie ; une chambre à coucher et un double séjour meublés dans le style colonial, rotin, ventilateur et blancheur immaculée des plafonds et des murs. Pourquoi la plupart des artistes se complaisaient-ils dans ces univers sales et déglingués ? Elle croyait y deviner une forme de snobisme. Quand elle sculptait, le samedi après-midi pour ne pas déranger ses voisins du dessous, elle s'installait, elle, dans sa cuisine, et balayait ensuite scrupuleusement.

Une silhouette surgit du soir à l'autre bout de la cour. Tête nue.

– Ils vous ont laissée toute seule ? demanda Estelle en dégrafant son ciré. Elle était essoufflée. Attendez, je me sèche un peu et on se sert un verre. Je suis la femme de Rémi...

Elle s'éclipsa et reparut avec une serviette-éponge autour du cou dont elle se frottait la tête. Marianne lui trouva un air de paysanne dans sa robe à rayures, le corps en même temps robuste et souple, le regard légèrement inquisiteur.

– Ça vous va du vin, ou vous préférez du jus de fruit ?

– Du jus de fruit.

De la vaisselle sale traînait sur la table qu'Estelle dégagea vivement. Les filles du style de Marianne éveillaient en elle des instincts mauvais, des envies de violence et d'humiliation. Rémi avait raison, celle-ci aurait pu être la sœur de Claire, en plus pincée.

– Vous avez toujours été professeur ? demanda-t-elle en déposant assez brutalement verres et bouteilles.

– Oui, et mes parents l'étaient aussi, c'est une vocation dans la famille, répliqua la jeune femme en étouffant un gloussement poli.

– Qu'est-ce qu'ils enseignaient ?

– Ils étaient instituteurs l'un et l'autre, en Alsace.

– Ah.

Estelle s'en voulut de son agressivité et lui sourit. Elle avait conservé de son éducation une tendresse particulière pour les instituteurs, son père en comptait parmi ses amis, beaucoup s'étaient remarquablement conduits pendant la guerre d'Algérie. Elles entendirent des bruits de portes, et Olivier, puis Rémi, déboulèrent dans la cuisine.

– Ah, tu es là mon Estelle ! Excuse-moi, Marianne, une partie du toit se vidait dans la pièce du fond...

Rémi les laissa bavarder et improvisa un dîner. Estelle interrogeait Marianne sur le village d'Alsace où elle était née, puis sur Metz où elle avait fini ses études entre ses parents retraités. Olivier s'était posté sous le porche comme pour regarder tomber la pluie. Estelle ne tentait rien pour l'associer à leur conversation et cela agaça sérieusement Rémi.

À peine à table, il entreprit donc de raconter son amitié de plus de vingt ans pour Olivier, le trio qu'ils formaient avec Pascale au temps du lycée, puis dans l'appartement du quartier Saint-Lazare, les études de médecine d'Olivier, pas une année de redoublée, etc.

Marianne écoutait, jetant parfois un sourire contraint dans la direction d'Olivier, mais il était évident, aux yeux d'Estelle en tout cas, que le complot courait à l'échec. Elle qui n'y avait pas cru avant de connaître Marianne se surprit à le regretter. La jeune femme ne semblait pas déplaire à Olivier, mais surtout elle paraissait en effet du genre à privilégier l'intelligence et le cœur sur le physique.

Vers la fin du repas, Marianne émit le désir de visiter l'atelier d'Estelle. Elle s'était attendue à ce qu'on l'y précipite, mais au lieu de ça personne n'avait même évoqué le prétexte officiel de ce dîner, si bien que sa curiosité était sincère.

– Je vais te passer des bottes, dit Estelle, sinon tu vas esquinter tes chaussures.

Elle lui apporta également une de ses blouses grises informes et Marianne rit franchement en l'enfilant. Estelle aussi s'amusait. Olivier et Rémi, qui n'avaient pas quitté la table, les épiaient derrière les volutes de leurs cigarettes. On les aurait dits amers, ou peut-être simplement découragés.

Pour se protéger des courants d'air, Estelle s'était construit des paravents de planches au début de l'hiver, de sorte que son atelier était en partie clos désormais. Deux ampoules puissantes, suspendues sous la verrière, l'éclairaient durement. Marianne se pencha sur les croquis, la table à dessin était au fond, dans le coin le mieux abrité, puis elle erra en caressant vaguement les ébauches de plâtre. Elle ne posa aucune question et Estelle, qui s'était assise et la suivait distraitement des yeux, garda le silence sur ce qu'elle préparait.

– Je ne pourrais pas créer quoi que ce soit dans un

endroit pareil, dit finalement Marianne en se posant du bout des fesses sur une marche d'escabeau.

Estelle ne releva pas, puis brusquement elle se lança.

– Je pense que tu n'as pas compris pourquoi Rémi t'a attirée dans ce traquenard.

– ...

– Pour Olivier. Comment tu le trouves, Olivier ?

– Quoi, pour Olivier ?

– Il a eu un accident et sa femme l'a quitté. Rémi est persuadé que vous iriez bien ensemble.

– Mais de quoi il se mêle !

– Il aime beaucoup Olivier, tu sais, et puis il est généreux, vraiment généreux. C'est sa façon à lui de... de respirer, de lutter.

– Je ne vois pas le rapport avec ma vie privée... Je ne lui ai rien demandé, c'est tout de même inouï !...

Elle secoua la tête en ricanant.

– Marianne, il pense d'abord à Olivier.

– Alors ça c'est le bouquet !... fit-elle en bondissant sur ses jambes.

– Ne parle pas comme ça, s'il te plaît, on dirait...

– On dirait quoi ?

– Rien, laisse. J'aurais juré que son idée était idiote avant de te rencontrer, maintenant je crois aussi que vous pourriez être heureux.

– Ah bon !... Et si je le trouve carrément repoussant votre prétendant, j'ai le droit ?

– Tu as tous les droits, coupa Estelle en se levant à son tour, c'était juste un truc comme ça. C'est pas bien grave. On retourne ?

– Et lui ? Il est au courant ?

– Mais t'es con ou quoi ! Il n'envisage plus de séduire personne, tu as bien vu, non ?

Elle fit passer Marianne devant et éteignit.

Rémi était seul. Olivier était allé se coucher. Il s'excuse et t'embrasse, dit Rémi, les médicaments l'épuisent. Marianne parut confuse. Elle regrettait d'avoir employé ce terme de repoussant, et par une sorte de lapsus elle s'assit à la place qu'occupait Olivier.

– Bon, je vous laisse, dit Estelle en la toisant. Moi aussi je suis fatiguée.

Rémi se sentit déprimé après le départ de Marianne. Il songea que si cette dinde frigide ne leur avait pas gâché la soirée, il aurait entraîné Estelle aussitôt après le dîner et lui aurait fait l'amour dans leur grande chambre, à l'étage. Chaque fois qu'il laissait passer plus de cinq ou six jours sans la toucher, un sentiment de lassitude le gagnait. Il avait remarqué depuis le temps. Si ç'avait été seulement du désir il s'en serait arrangé, mais c'était plus que ça, il avait besoin de pénétrer Estelle, de séjourner longtemps entre ses jambes en lui murmurant des mots pudiques et tendres, jusqu'à n'en plus pouvoir, jusqu'à l'extase, comme s'il puisait en elle une bonne partie de son énergie. D'ailleurs, il possédait une horloge interne qui l'avertissait du péril. Ces dernières semaines, avec la présence d'Olivier, il n'en avait pas tenu compte et le résultat était là : il était en rade, dépité et malheureux. Il renonça à la vaisselle, chercha en vain du chocolat, puis ralluma une cigarette sans cesser d'aller et venir. Estelle s'en foutait, elle avait pris son somnifère, s'était même peut-être caressée et ne se réveillerait pas avant huit heures. Alors la sonnerie du téléphone interrompit sa méditation.

– C'est moi, annonça sourdement Jean-Xavier.

– Ben qu'est-ce que tu fous ? T'as raté Marianne, la fiancée d'Olivier...

– Je me demandais... Tu ne viendrais pas prendre un verre ?

– J'allais me coucher.

– Ah bon. Excuse-moi. Excuse-moi, Rémi.

– Mais tu es tout seul ?

– J'étais parti marcher, imagine-toi...

– Il y a quelque chose qui ne va pas, Jean-Xavier ?

– Non, je n'ai pas vu l'heure tourner, c'est tout. Il est affreusement tard, hein ?

– Arrête Jean-Xavier. Tu es où ?

– Dans une brasserie, à Denfert-Rochereau.

– Commande-moi un whisky, j'arrive.

Une drôle de voix mon Jean-Xavier, songea-t-il, dévalant vers la Bastille, le coude à la portière, une drôle de voix. Jean-Xavier n'était pas dans son état normal, sinon il n'aurait pas appelé à minuit passé. Qu'il l'ait fait, qu'il ait osé appeler, remplit Rémi d'une chaude satisfaction.

– Ça va ? dit Jean-Xavier en se levant pour lui serrer la main.

– C'est plutôt à toi qu'il faut le demander. Qu'est-ce que tu fiches ici tout seul, à cette heure ?

– Je t'ai dit, j'étais sorti pour marcher... Tu veux un whisky, vraiment ? J'ai peur qu'ils ferment.

Rémi l'observa commander. Rien n'avait l'air de clocher chez Jean-Xavier qui but ensuite distraitement une gorgée de son Perrier-citron. Mais pourquoi se taisait-il ? C'était tout de même lui qui l'avait invité à passer...

– Qu'est-ce que je voulais dire... bafouilla Rémi. Oui, ça fait au moins trois jours qu'on ne t'a pas vu, non ?

- Trois jours ?..

– Marianne, ç'a été un fiasco.

– Ah bon.

– Ils n'ont pas échangé trois mots.

– C'était un peu tôt à mon avis.

– Oui, non, je ne sais pas. Olivier s'en sortira s'il retrouve une femme, il n'a jamais pu vivre seul... Tu n'écris plus ?

– Je n'y arrive plus en réalité.

– Ah. C'est peut-être que le bouquin est fini.

– Non, c'est Pascale. Elle est en train de faire un truc qui d'une certaine façon anéantit mon livre.

– Quoi ? Qu'est-ce qu'elle fait ?

– Elle me prouve que j'ai eu tort de faire le malin, de soliloquer pendant quinze ans sur les choses au lieu de les vivre, que la vraie vie ne pardonne pas à ceux qui la boudent.

– Bon, mais qu'est-ce qu'elle fait ?

– Elle vit.

– Je ne comprends pas.

Jean-Xavier s'était levé, le visage clos.

– Laisse. Ça m'a fait du bien de te voir.

– Tu vas pas te barrer comme ça ! bondit Rémi, l'accrochant par sa veste.

– Je passerai demain soir.

– Attends, tu déconnes là ! Je traverse la moitié de Paris pour toi et tu te tires comme un voleur...

– C'est vrai, excuse-moi, mais ça m'a fait du bien. Ça va mieux, je te promets.

Il souriait faiblement à Rémi qui, lui, s'était rassis.

– Je m'en fous, tu me dis ce qui se passe ou je ne te lâche pas.

– Arrête Rémi, je suis très touché que tu sois venu...

– Très touché, oui, mais on n'est pas au Quai d'Orsay, là, mon chéri, tu me dis ce qui t'arrive.

– Rémi !

– Tu me dis ou j'appelle immédiatement Pascale.

Jean-Xavier parut très las tout d'un coup.

– Bon, viens, après tout ça n'a pas grande importance. Quelle heure est-il ?

– Une heure dix.

– Viens, répéta-t-il, tu vas comprendre.

Rémi le laissa payer.

– On reprendra ta voiture tout à l'heure, lui dit Jean-Xavier dehors, l'invitant à monter dans la sienne.

Ils filèrent par le boulevard Saint-Jacques. Peu avant la place d'Italie, Jean-Xavier bifurqua sur la droite et ils se retrouvèrent dans une des rues villageoises de la Butte-aux-Cailles.

– On y est, souffla-t-il, roulant au pas soudain.

Ici et là, derrière les haies de troènes ou les persiennes, des foyers lumineux subsistaient.

Il se gara en double file et fit signe à Rémi de le suivre. Ils s'engagèrent à pied dans un passage étroit qu'ils remontèrent sur une trentaine de mètres. Les flaques orangées des réverbères et les pavés reconstitués simulaient le Paris de Jean Valjean.

Parvenu devant une grille qu'on avait aveuglée par un revêtement métallique laqué de noir, Jean-Xavier se hissa lestement, prenant appui sur un des gonds du portail. Rémi le vit acquiescer, puis rajuster sa cravate avant de redescendre.

– Vas-y, lui dit-il.

Ce qu'observa Rémi le laissa si perplexe que Jean-Xavier dut lui tapoter les reins à plusieurs reprises pour le convaincre de décrocher. Les jambes croisées sur une table basse encombrée de bouteilles et d'assiettes sales, son joli profil rejeté en arrière, tout à l'abandon sur un sofa jaune, Pascale semblait s'enivrer, avec une délectation amusée, des péroraisons nerveuses d'un homme jeune et beau dont on devinait le torse lisse par l'échancrure de sa chemise. Rémi le connaissait ce type, il était certain de l'avoir déjà croisé quelque part et cette question, dans l'instant, le tarabusta bien plus que celle de savoir ce que la femme de Jean-Xavier foutait chez lui au milieu de la nuit.

– Mais c'est qui ce mec ? Je le connais.

– Hubert Cancès, un député.

– Non, je n'ai jamais fréquenté aucun député.

– C'en est pourtant un. Viens, maintenant.

Jean-Xavier partit en avant. Il n'en fallut pas plus à Rémi pour se reprendre : l'identité de cet homme était évidemment secondaire.

– Bon, dit-il en se rasseyant et comme Jean-Xavier enclenchait fermement la première, elle dîne chez lui, et après ? Il n'y a pas de quoi dramatiser.

– Rémi, ça fait trois soirs qu'elle dîne chez lui.

– Trois soirs ?... Écoute, jusqu'à preuve du contraire elle ne fait rien de bien méchant.

– Elle n'y retournerait pas si elle n'y trouvait pas plaisir.

– Ça certainement. Disons donc qu'elle a plaisir à écouter ce crétin. Où est-ce que j'ai bien pu le croiser ?...

– Pascale va me quitter pour lui, Rémi, je le sais.

– Mais t'es cinglé !

– Attends, laisse-moi parler. Elle va me quitter pour ce député, et ce sera comme un retour de bâton de l'Histoire. C'est pourquoi je te disais qu'elle fait un geste qui anéantit mon livre. Ce Cancès, c'est mon grand-père au même âge, tu comprends ? La sûreté de soi, l'autorité, l'appétit de pouvoir, de puissance, le sentiment d'éternité, tout ce qui me fait horreur, tout ce contre quoi j'écris depuis le premier jour.

– Jean-Xavier, elle dîne chez lui, admettons même qu'il lui plaise, ou qu'il la distraie plutôt, est-ce que tu crois franchement que ça suffit pour larguer un mari, des enfants, la vie que vous vous êtes construite ?...

– Ta voiture est toujours là. Merci encore d'être venu, dors bien.

Cet Hubert Cancès, Rémi l'avait vu à la télévision débattre avec le maire Front National d'Orange de l'avenir des Chorégies. Mais bien sûr ! La scène lui revint en remontant vers Les Lilas dans cette nuit de printemps. C'était à Saint-Germain-en-Laye, dans la chambre de malade d'Olivier. Il se rappela l'œil gris et vif du député, et ce rictus machinal, méprisant, assassin.

14

En écoutant Cancès, la première fois, Pascale l'avait jugé grotesque et elle avait secrètement décidé de ne pas le retenir. Elle s'apprêtait à tourner un cinquante-deux minutes sur le pouvoir en France et plutôt que d'aller filmer les caciques dont on connaissait la langue de bois et les méthodes, elle avait pris le parti de disséquer les stratégies de conquête d'une dizaine de nouveaux élus. Cancès lui avait paru être le moins inventif de la jeune génération, le plus bidon surtout, parlant d'altruisme et de dévouement quand tout ce qui émanait de sa personne trahissait l'ambitieux sans états d'âme.

– Alors, quand commençons-nous ? l'apostropha-t-il le surlendemain dans une des galeries de l'Assemblée nationale, surgissant derrière elle et l'enlaçant familièrement par les épaules.

– Vous m'avez fait peur !... En ce qui vous concerne, nous ne commençons pas, rétorqua-t-elle, et quoi qu'il en soit nous ne nous connaissons pas suffisamment, monsieur Cancès, pour tomber dans les bras l'un de l'autre.

Il s'était raidi.

– Pardonnez-moi. Est-ce que je peux vous offrir...

– Tout de suite, rien. Un de vos confrères m'attend.

– Alors aussitôt après si vous voulez bien. Mon bureau...

– Aussitôt après, d'accord. Je sais où se trouve votre bureau.

Cancès dictait du courrier au retour de Pascale. Il renvoya promptement sa secrétaire.

– Asseyez-vous, madame, je vous en prie.

Un instant, il parut décontenancé, cherchant à rassembler le meilleur de lui-même, comme un enfant avant un oral décisif, et puis il s'élança :

– Je vous ai tenu la dernière fois le discours que je tiens à mes électeurs, vous en avez conclu que j'étais un imbécile, faisandé avant l'âge. J'ai parfaitement compris. Vous devez cependant savoir qu'avec le numéro d'acteur que je vous ai servi j'ai fait cinquante-six pour cent aux dernières élections, pratiquement le meilleur score de ceux de ma génération. Mais je ne vous intéresse pas, parce que je ne vous surprends pas. Vous voudriez qu'en regardant votre film, on se dise : Ah ! voilà donc la relève, des femmes et des hommes désintéressés qui font le don de leur personne à la France pour le bien de tous. Vous les voudriez même émus et maladroits, ça serait une preuve supplémentaire de leur sincérité, n'est-ce pas ? Vous feignez d'ignorer que l'émotion et la maladresse, récemment réapparues dans le paysage politique, sont elles aussi de vieilles ficelles de bonimenteur. Pétain en a beaucoup usé, rappelez-vous. Si je croyais à leur efficacité sur la durée, je n'hésiterais pas une seconde à en user également. Mais je n'y crois pas. La compassion larmoyante séduit, puis elle écœure. Je crois qu'en matière de pouvoir, comme dans la vente au porte-à-porte que pratiquait mon père, la fin justifie les moyens, mais qu'il faut être extrêmement vigilant sur le choix des moyens. Pour ma part, je m'en tiens aux recettes éprouvées. Je me fous parfaitement des électeurs du Vaucluse, madame, mais j'achète les cravates colorées qu'ils aiment, je soutiens les Chorégies d'Orange qui m'emmerdent à un point que vous ne soupçonnez pas, et je dis aux gens ce qu'ils veulent entendre parce que j'ai besoin d'eux pour continuer. « Il n'y a qu'un secret pour dominer le monde, disait Napoléon, c'est d'être fort, parce qu'il n'y a dans la force ni erreur ni illusion, c'est le vrai mis à nu. » Je n'en suis qu'au début. Écoutez-moi bien : je ne vois aucun autre intérêt à mon existence que de régner sur le plus grand nombre.

Pourquoi Pascale éprouva-t-elle un instant d'exaltation intense à écouter ce rustre menacer tout ce en quoi elle avait foi : la démocratie, la création, la dignité ? Il la dévisageait outrageusement maintenant, l'œil plissé, les narines dilatées. Un jeune taureau, beau, incontestablement beau, mais un peu court, comme Napoléon, tiens. Elle avait au moins cinq ou six ans de plus que lui. Elle songea qu'à sa place Jean-Xavier aurait déjà quitté la pièce. Jean-Xavier, si raffiné, si plein de doutes... Oui, eh bien justement, c'était un soulagement, après vingt années de Jean-Xavier, d'entendre un Cancès. Celui-ci ne cherchait pas le pourquoi du comment avant de s'autoriser à respirer, il savait ce qu'il voulait, et il y allait.

– Je vous trouve répugnant, dit-elle, soutenant son regard.

– C’est faux. Si vous le pensiez, vous ne seriez plus là. J’ai une proposition à vous faire.

– Pardon ?

– J’aimerais vous avoir auprès de moi, j’ai besoin d’une femme de votre trempe.

Elle éclata de rire, mais lui non. Il continuait de la fixer.

– Ne me prenez pas pour une électrice du Vaucluse, dit-elle en se calmant. S’il vous plaît.

– Écoutez-moi, ordonna-t-il, et son intonation devint subitement métallique. Dans quinze ou vingt ans je serai président de la République. C’est une très longue marche, il me faut une femme à mes côtés. Vous. Je l’ai su à l’instant où vous êtes entrée dans mon bureau, l’autre jour. Vous, Pascale.

– Merci de votre confiance, Hubert.

– Ne vous moquez pas, je n’ai aucun humour.

– Bon, mais vous savez que par ailleurs...

– Vous êtes mariée et mère de deux enfants, je sais. J’ai fait prendre des renseignements. Je vis seul dans une grande maison, vos enfants seront les bienvenus si vous le souhaitez.

– Et mon mari ?

– Votre mari est le petit-fils d’un de mes modèles en politique. J’ai appris qu’il pantouflait au Quai d’Orsay. Je ne voudrais pas être désagréable, mais j’imagine qu’il est victime de cette impuissance à entreprendre qui frappe généralement les rejetons des grands hommes.

– Vous êtes très désagréable, monsieur Cancès.

– Pardonnez-moi. Puis-je seulement savoir si vous tenez à lui d’une façon ou d’une autre ?

– Mais c'est trop, ça ! Est-ce que vous vous entendez parler de temps en temps ? Je trouve que vous n'arrivez pas à la cheville de mon mari, si vous voulez savoir.

– Eh bien dans ce cas, gardez-le. Ça ne change rien à ma proposition, j'ai besoin de vous. Et vite. Quel soir pouvez-vous passer chez moi ?

Elle dit un jour au hasard, mais cinq minutes plus tard, quittant l'Assemblée nationale, fut incapable de se rappeler lequel. Cela accrut considérablement son émotion. Elle avait été prise d'un vertige en acceptant ce dîner et vécu la fin de cet entretien dans un état de semi-inconscience, ne comprenant pas ce qui l'avait poussée à céder. Cancès lui avait remis sa carte en la raccompagnant, elle s'aperçut qu'elle la tenait toujours fermement entre le pouce et l'index. L'adresse personnelle y figurait mais pas la date du rendez-vous, naturellement. Elle s'était conduite malgré elle comme une groupie, subjuguée et docile, acceptant sa carte, se laissant de nouveau mettre la main sur l'épaule au moment où il la devançait pour lui ouvrir la porte. Heureusement, tout était allé très vite et il avait pu ne rien remarquer. Si elle rappelait pour connaître la date, en revanche, il comprendrait. N'importe quel imbécile comprendrait, et lui n'en était pas un. Incapable de réfléchir, elle se mit en quête de sa voiture. Mais où était-elle passée celle-ci aussi ? Oh non ! s'exclama-t-elle après avoir parcouru la rue de l'Université dans un sens et la rue Saint-Dominique dans l'autre. Alors, comme elle s'était immobilisée en plein passage, un homme la bouscula par mégarde, envoyant valser son agenda et la liasse de ses papiers qui s'étalèrent sur le trottoir. Il s'excusa, s'agenouilla. Elle s'y mit également.

– Je suis vraiment désolé, répéta-t-il.

– Laissez, ça va.

Elle entra dans le premier café et commanda un verre de blanc. Tant pis pour la voiture, elle verrait plus tard. Tout de suite, elle allait appeler la secrétaire en prétextant un contretemps. Le taxiphone était au sous-sol, en vis-à-vis des toilettes.

– Mademoiselle, je sors de chez M. Cancès, ne le dérangez pas surtout, je crains de devoir repousser notre rendez-vous...

– Il est à côté de moi, je vous le passe.

– Qu'est-ce que c'est ? aboya-t-il. Ah ! c'est vous. Pardon. Voyons, nous avions dit jeudi, ça ne va pas jeudi ?

– Si, c'est parfait. À jeudi alors.

Et elle raccrocha, sans lui laisser le temps de répliquer. Ni bonjour ni au revoir, désinvolte, parisienne. Elle jugea qu'elle venait de reprendre l'avantage, finit son blanc et se souvint d'avoir garé sa voiture rue de Lille, derrière la Légion d'honneur.

Jean-Xavier rentra du bureau distrait et préoccupé ce soir-là. Il s'enquit du moral de Gwenaelle et de Théo mais ne poussa pas la curiosité jusqu'à aller les embrasser dans leurs chambres.

– Et toi, ça se présente bien ton tournage ?

– Écoute oui...

– Une tasse de thé ?

– Avec plaisir. Tu ne dînes pas chez Rémi ?

– Pas aujourd'hui, non. C'est étrange, tu sais, comme la fin de ce manuscrit me soucie.

Elle savait, et choisit donc de se taire. Elle était assise sur le divan, les jambes repliées sous elle, guettant la prestation, sur un plateau de télévision, d'un député qu'elle comptait vaguement sélectionner.

Elle observa Jean-Xavier préparer le thé, là-bas, de dos, pensa qu'il se voûtait, voulut lui crier de retirer sa veste et sa cravate, de se mettre à l'aise pour une fois, puis renonça. Alors lui revint à l'esprit cette expression épouvantable de pantoufler. Jamais elle n'aurait songé à la lui appliquer, et cependant Cancès n'avait pas tort : Jean-Xavier pantouflait bel et bien au Quai d'Orsay depuis vingt ans par la seule grâce de son nom. Mais il échappait à son destin d'ombre impuissante en poursuivant ce manuscrit justement. C'était sa riposte, sa spécificité. Tout d'un coup, elle ne sut plus si elle l'admirait pour cet interminable chantier, ou n'éprouvait à son égard qu'une compassion agacée, de celle qu'on éprouve pour les fourmis industrieuses, avant de les exterminer généralement.

Il déposa le service à thé sur la table basse, entre eux.

– Qu'est-ce que tu vas faire ? dit-elle.

– Pardon ?

– Pour ton livre, qu'est-ce que tu vas faire ?

– Je ne sais pas, le finir.

Ils burent en silence.

– Bon, fit-il en se levant, je vais travailler.

Elle le suivit des yeux et, à l'instant où il allait disparaître, le rappela vivement :

– Jean-Xavier !

– Oui ?

Il s'était encadré dans l'embrasure de la porte, le regard bleu attentif et las, le front barré de sa mèche blonde d'ex-dandy ; dans dix ans, songea-t-elle, il aura la silhouette asséchée et lumineuse d'un lord vieillissant, il s'y achemine lentement.

– Tu sais que je t'aime ? Je ne te le dis pas assez.

– Oui, ne t'inquiète pas.

Il sourit à peine et s'éclipsa.

Elle avait espéré qu'il reviendrait, se pencherait pour l'embrasser. Pendant qu'ils buvaient le thé elle s'était enflammée à l'idée folle qu'ils allaient faire l'amour dans son bureau, tout à l'heure, violemment et brièvement, puisque les enfants travaillaient, qu'ils ne savaient pas Jean-Xavier à la maison... Quand Théo était bébé, cela leur arrivait, se croisant dans l'appartement, de s'étreindre soudainement et de s'aimer là, sans cérémonie, contre la porte du réfrigérateur ou sur le carrelage de la salle de bains. Pourquoi ne pourrait-on pas ressusciter un peu de ce temps ? s'était-elle imaginé, et aussitôt le désir, au grand galop, l'avait submergée.

– Baise-moi, murmura-t-elle, rejetant la tête en arrière, la main dans les cheveux, les pommettes fiévreuses, baise-moi, Jean-Xavier, merde !...

Elle partit de chez elle amusée et confiante, le jeudi soir. Cancès pense que tout s'achète, chuchota-t-elle, pianotant sur son volant à un feu rouge, n'est-ce pas Hubert ? Que tout s'achète, quand tout n'a pas cédé d'emblée à ton charme incoercible, petit bonhomme. Eh bien vois-tu, tout se régale d'avance de te voir dépérir, t'étioler. Elle était assurément dans la position idéale de l'objet convoité qui n'est pas à vendre : combien faudrait-il d'heures à ce nabot sûr de lui pour s'avouer vaincu ?

Il la reçut en chemise, décravaté, les cheveux hirsutes, un portable jaune à la main.

– Ah ! très bien, fit-il en la considérant sur le seuil. Laissez-moi une minute...

Elle l'entendit gronder dans son appareil : « Bénédicte, vous ne me passez plus personne, maintenant. »

– Quoi, très bien ? Pourquoi dites-vous très bien en me voyant ? attaqua-t-elle gaiement, lançant son sac sur le divan.

– J'ai dit « très bien » ?

– Oui, exactement comme après avoir goûté le vin, au restaurant. Très bien, merci.

– Ah bon ! bon... La maison vous plaît ?

Un regard crédule d'enfant. Elle rit, légèrement décontenancée.

– Mais je ne sais pas !... Faites-la-moi visiter, je vous dirai ensuite.

– Vous avez jeté un œil au jardin ?

– Je ne crois pas, non, j'ai poussé le portail...

– Il est un peu petit, on ira ensuite. Ici le séjour, donc, cinquante-cinq mètres carrés d'après mon architecte, Renzo Piano, le type qui a fait Beaubourg. Cuisine américaine, je ne m'en sers jamais. Vous cuisinez ?

– Mon mari... J'aime bien le plancher.

– Ça se lave à grande eau, c'est du pont-promenade de paquebot. Cabinet de toilette, bureau. Je vous précède à l'étage. Ma chambre.

– Ce sont vos parents au mur ?

– Oui. Mon père vendait de l'appareillage ménager au porte-à-porte, je vous l'ai dit, ma mère ne travaillait pas, elle n'avait que nous.

– Elle doit être fière de vous.

– Elle est morte, lui aussi.

– Oh ! pardon...

– Salle de bains, trois chambres, et au-dessus la même surface.

– C'est immense, dit-elle en lui emboîtant le pas pour regagner le séjour, mais ça manque un peu d'âme, vous ne trouvez pas ? À part la photo de vos parents...

Il s'immobilisa sur l'avant-dernière marche. Se retourna, le doigt pointé.

– Je vous confie un secret que vous ne trahirez pas. Mon père jouait, j'ai dû refuser l'héritage, il y avait plusieurs millions de dettes. De mon passé, je n'ai que cette photo, et une médaille miraculeuse que ma mère m'accrochait à la culotte.

Il finit de descendre, poursuivit droit sur la cuisine.

– Asseyez-vous, ordonna-t-il, le nez dans un placard, je vous apporte à boire.

Elle se laissa tomber sur le sofa jaune, allongea les jambes sur la table basse.

– Bon, dit-il en revenant, un plateau de bouteilles entre les mains, racontez-moi votre vie.

– Non.

Il accusa le coup sans ciller.

– Servez-vous, dit-il sourdement.

Et après une pause :

– Je vous raconte la mienne. Maman était de Nogent-sur-Marne, fille de maraîchers. Mon père l'avait connue pendant son service militaire, à Vincennes. Pour leur mariage, ils avaient reçu de mes grands-parents maraîchers une ancienne ferme à Fontenay-sous-Bois. C'est là que je suis né. L'année de mes dix ans, on a été expulsés et la ferme a été vendue aux enchères pour rembourser une partie des dettes de mon père. Mes grands-parents n'ont pas bougé, ils avaient compris que tous leurs biens y passeraient, maman refusait de divorcer. À partir de là on a vécu à l'hôtel. On déménageait souvent, sans trop s'éloigner pour que je puisse continuer l'école. Maman avait pris son parti de cette vie, elle était amoureuse de papa, je l'ai toujours connue amoureuse. Quand des créanciers nous retrouvaient, elle les recevait de façon glaciale, solidaire de mon père jusqu'à l'absurde. J'en revois un, un ancien ami de papa, se demander tout haut, devant elle et moi, comment une femme intelligente et responsable pouvait accepter de se laisser mener en bateau par un misérable escroc. Un misérable escroc. Qu'est-ce qu'il n'avait pas dit ! Sortez ! vous ne savez rien de lui, je vous interdis... Il avait eu l'air éberlué, mais n'avait pas insisté. Au début de ces années 80 où le pays découvrait avec une certaine euphorie les paillettes du socialisme à la française, nous vivions, nous, dans la clandestinité, fuyant les huissiers, la police... Nous étions seuls contre tous, et je crois que l'amour de mes parents se nourrissait de cette situation anachronique, extravagante. Plus ils s'enfonçaient, plus ils devenaient inséparables. J'ai passé mon bac et commencé des études de droit. Ils sont morts durant l'été 88, pris dans un carambolage d'une centaine de voitures sur l'autoroute du Nord. Ils partaient pour la

Belgique, l'ennemi les a rattrapés, et anéantis, d'une manière qu'ils n'avaient certainement pas imaginée. Un de mes professeurs m'a présenté l'année suivante à un de ses amis député qui cherchait un assistant parlementaire. On s'est bien entendus, avec lui j'ai découvert le Vaucluse, et quand il m'a proposé d'être son suppléant j'ai adhéré au parti socialiste et acheté une maison à Aubignan, près d'Orange. J'ai fait courir le bruit qu'enfant je passais là mes vacances...

On sonna, il s'interrompit.

– Donnez ça, dit-il à la porte. Et se tournant vers Pascale : Je ne savais pas trop ce que vous aimiez, ce sont des choses légères avec du champagne.

– Ah, merci.

Elle retira ses jambes de la table basse, se redressa et l'observa qui tentait à genoux de disposer joliment canapés et petits fours. Il s'appliquait, respirait vite.

– C'est très appétissant, dit-elle.

– C'est vrai, ça vous plaît ?

– Mais oui !

Elle éclata de rire, tout près de son visage à lui qui la scrutait sans avoir l'air d'y croire.

– Vous êtes drôle, on dirait... Je ne suis pas la reine de Saba quand même...

– Pour moi, si. Je suis maladroit, je ne sais pas comment vous attacher à moi.

Pascale se tut. Il était ému, et chez lui qui veillait à se montrer sans cesse offensif, l'émotion résonnait comme une faiblesse. Elle se retint de lui caresser la joue et sentit son propre souffle se précipiter.

– Je suis bien, dit-elle.

Elle détacha ses yeux de lui et se rallongea à moitié

dans les coussins. Il continuait de la regarder. Elle le savait et lui offrait son profil maintenant. Les traits tendus et lumineux de son profil. Il vit le frémissement de sa narine, puis elle se figea, les yeux au plafond. Elle était dans cet état de bien-être qui précède les premiers gestes sensuels, et elle goûtait le plaisir d'être convoitée. Alors elle se rappela ses enfants, se vit en mère de famille, eut aussitôt honte de se comporter en vieille ado cabotine, et brisa le charme.

– Vous êtes un peu escroc sur les bords, vous aussi, non ?

Elle avait lâché cela sans presque bouger, roulant seulement vers lui un visage faussement complice.

– Pourquoi dites-vous ça ?

– Votre enfance à Aubignan, votre adhésion au parti socialiste...

– On ne gagne pas une guerre sans ruser.

– Il n'est pas question de guerre.

– Si.

Elle piqua un carré de saumon, battit en retraite.

– C'est délicieux. Vous ne voulez pas ouvrir le champagne au lieu de guerroyer ?

Curieusement, c'est le lendemain matin, après le départ de Jean-Xavier et des enfants, alors qu'elle était encore en peignoir devant son bol de thé, qu'elle se remémora cet échange au vinaigre.

– Quelle teigne ce mec ! dit-elle tout bas.

Elle se leva pour aller prendre sa douche et se sentit les jambes lourdes. Où lui avait-il dit qu'il était aujourd'hui ? Ah ! oui, au conseil régional. Il avait parlé d'une réunion à Marseille, mais également d'Avignon, pour Dieu sait quoi. Elle fit escale dans sa chambre, s'assit sur le lit défait. Elle était essoufflée. Tiens, Jean-Xavier avait oublié ses demi-lunes sur la table de nuit, il avait dû lire au lit hier soir en l'attendant. Il allait être malheureux, au bureau, sans lunettes. Oui, enfin, pour ce qu'il y faisait... Elle s'entendit ricaner, se reprit vivement, comme effrayée par sa propre aigreur. Sous le regard d'Hubert Cancès, la veille, elle avait eu constamment le sentiment de sa splendeur. l'illusion d'être retournée à la période si merveilleusement troublante des jeux amoureux. Soudain, l'idée la traversa qu'elle avait fort bien pu laisser échapper devant lui quelques signes d'amertume semblables à ce ricanement. En un instant elle fut debout, si préoccupée qu'elle se mit à arpenter la pièce. Est-ce que par exemple elle ne l'avait pas déçu en le remettant sèchement à sa place sur cette histoire de guerre ? Elle avait répondu comme ces femmes mûres revenues de tout, comme elle aurait répondu à Théo un soir de déprime, sans un soupçon d'humour, elle qui n'en manquait pas pourtant. Il devait être en train de remâcher ses répliques, de se rendre compte qu'elle n'avait pas exactement la juvénilité qu'il avait imaginée. C'était d'autant plus idiot qu'il n'avait pas tort au fond... Elle allait le lui dire, tiens. Mais évidemment ! L'appeler. L'APPELER ! Elle fila droit sur la salle de bains, et s'avisa là qu'il était neuf heures cinq, il n'y avait pas une minute à perdre si elle voulait l'attraper avant sa réunion. Il serait pressé, l'humour risquait de tomber à plat. Pas d'humour, donc. Non, non. Quoi alors ? Ah ! voilà, l'informer qu'après cette soirée elle avait finalement décidé de le sélectionner. Bien sûr ! Quand peut-on commencer à tourner, monsieur le député ? Professionnelle, directe.

Un « oui », étouffé et lointain, lui parvint.

– Hubert Cancès ?

– Ah ! Pascale !

– Vous êtes où ? Je peux vous parler une seconde ?

– Quelque part entre Marignane et le centre. Vous auriez pu m'accompagner, Pascale.

– Vous ne me l'avez pas proposé.

– J'y ai pensé cette nuit mais je n'ai pas osé vous appeler.

– Vous auriez dû.

– Vous seriez venue ?

– Peut-être bien, oui.

– Merde !

– C'est pas si grave.

– Passez ce soir vers dix heures prendre un verre, j'ai encore des choses à vous dire. Vous voulez ?

– D'accord, à ce soir alors.

Elle resta longtemps sous la douche, laissant à la fin le jet lui marteler le visage. Elle avait oublié de lui parler du tournage, mais elle s'en fichait maintenant. Si Claire avait été célibataire encore, elle serait allée déjeuner chez elle à Senlis. Elle avait envie de raconter Cancès à quelqu'un qui soit bon public, qui ne cherche pas immédiatement à se faire une opinion, comme Rémi, pour ensuite l'assommer de soupçons et de recommandations. Durant quelques semaines, à l'automne précédent, Claire avait laissé Pascale l'approcher de tout près. Elles avaient un peu flirté et il leur restait de cette intimité une envie de rire, de se moquer d'elles et du monde dès qu'elles se voyaient.

Seulement Pierre, le récent successeur d'Olivier, supportait mal cette complicité. Il avait dit à Claire qu'il n'aimait pas les façons de Pascale, son hilarité tonitruante en particulier, et cela les avait refroidies l'une et l'autre.

En retournant dans sa chambre pour s'habiller, elle tomba de nouveau sur les lunettes de Jean-Xavier et n'éprouva rien de grinçant, cette fois, à les considérer. Au contraire. Songeant à leur propriétaire, à son imperceptible agacement lorsqu'il devait déchiffrer sans elles, une tendre mélancolie l'envahit. Pourquoi n'irait-elle pas plutôt déjeuner avec Jean-Xavier ? Elle les lui apporterait par la même occasion. Elle enfila pour lui une de ces robes d'été à pois, délicieusement années 40, qu'ils achetaient ensemble chez des fripiers de la Bretagne profonde, et comme il était un peu tôt dans la saison elle se couvrit en plus d'un fichu. « C'est injuste, tout te va, lui avait jeté Claire un jour. Tu ne sais pas ce que c'est de piétiner deux heures devant une glace, je ne dis même pas pour être séduisante, mais seulement potable... »

– Nettement mieux que potable, murmura-t-elle devant le miroir en pied de la penderie.

Puis elle alla et vint dans l'appartement silencieux, ne sachant trop ce qu'elle cherchait, fouinant dans les affaires des autres et guettant le reflet de sa silhouette ici ou là. Enfin, elle avertit son mari qu'elle comptait le rejoindre.

– Ça te fait plaisir, au moins ?

– Mais naturellement, ma chérie.

Oh ! Jean-Xavier, tu m'énerves ! Tu m'énerves ! songea-t-elle en raccrochant, tu ne peux pas essayer, je ne sais pas, moi, d'être un peu joyeux, d'oublier tes trucs, mais qu'est-ce qu'on t'a fait, mon pauvre chéri, pour que je ne t'entende jamais hurler, sortir de tes gonds, jamais rire vraiment non plus, ou bêtement, tiens, ou même vulgairement, comme les autres mecs, en te déchaussant la mâchoire, en te tenant la bite et les couilles si tu veux, je m'en fous...

Ils s'étaient donné rendez-vous dans un restaurant à peu près tranquille de la rue de Grenelle, à l'étage. Il l'attendait, attablé de travers, les jambes croisées, parcourant *Libération*.

– Je te plais ?

– Tu as vu, l'Escurial reprend les Truffaut... Elle te va bien, oui, mais sans le châle.

Et comme elle s'asseyait, il lui caressa discrètement le poignet.

– Baisers volés..., chantonna-t-elle. C'était bien *Baisers volés* le fameux soir ?

Il acquiesça.

– Qu'est-ce que tu fichais là, toi, d'ailleurs ? s'enquit-elle.

– À une époque, j'ai eu vaguement l'envie de faire du cinéma.

– Très vaguement alors, parce que je ne t'ai jamais entendu en parler.

– Peut-être que si je ne t'avais pas rencontrée... Tu voulais tourner des fictions en ce temps-là, ça a dû me dissuader d'y aller aussi. Enfin peu importe, ça n'a plus d'importance.

– Attends, Jean-Xavier, tu es en train de me dire que sans moi tu serais devenu cinéaste, et tu trouves que ça n'a pas d'importance ?

– Je n'ai pas dit ça, j'ai seulement dit que j'y avais pensé. Mais je n'y connaissais rien, tu sais, vraiment rien, tandis que toi et ta petite bande vous finissiez l'école.

– Et alors ? Tu aurais pu la faire aussi l'école...

– Je ne sais pas, oui, peut-être. Il m'arrive de le regretter.

Elle plongea dans son assiette vide en secouant la tête. Il en fut surpris et blessé. Elle se moquait habituellement de son peu d'intérêt pour lui-même, pour ces choses de la vie que le commun des mortels prend au sérieux et que lui jugeait triviales, mais elle se moquait tendrement, jamais elle n'avait été sarcastique comme à l'instant. Il se raidit, changea de ton.

– Raconte-moi plutôt où tu en es ? Qui voyais-tu, hier soir ?

– Hubert Cancès, un député.

– Ah ! oui, un type un peu survolté.

– Tu le connais ?

– J'ai dû le croiser deux ou trois fois.

– Il est incroyable !... Il t'assure droit dans les yeux qu'il sera président de la République et tu finis par le croire.

– Oui ? Il est ambitieux et assez intrigant, semble-t-il.

– Pourquoi dis-tu ça ?

– J'ai cru comprendre qu'il se démenait beaucoup pour impliquer les ministres dans ses initiatives et que chez nous le cabinet s'en méfiait.

– Ah !

– Mais c'est certainement quelqu'un d'entreprenant et d'intelligent.

– Oui. Au début, ça ne saute pas aux yeux, mais plus tu le fréquentes plus tu es impressionné.

– Par quoi en particulier ?

– Je ne sais pas... un incroyable appétit de pouvoir, de vie... Et aussi, malgré tout ce que tu peux penser a priori, par sa capacité invraisemblable à te retourner, à te convaincre...

Il la vit s'éclairer et sourire à des images qui lui étaient étrangères.

– C'est bien, en politique c'est un atout, dit-il bêtement.

Dans l'après-midi, il n'eut aucun mal à se procurer l'adresse personnelle du député, et le soir même il éprouva une sorte de jubilation morbide à constater que Pascale était encore chez lui.

15

Jean-Xavier n'écrivait plus, mais il avait conservé l'habitude, aussitôt après le dîner, de s'enfermer dans son bureau. Il y lisait les dernières publications scientifiques, ravi de constater que toutes allaient dans son sens : nous flottions à jamais dans une constellation de hasards, jamais nous n'obtiendrions l'explication de notre présence, et en dépit de nos prétendues certitudes, de nos prix Nobel, de nos congrès et de nos effets d'annonce, nous demeurerions toujours à la merci d'un dérèglement qui subitement nous ratatinerait. Nous, et nos bibliothèques.

Une nuit de juin, on frappa à sa porte.

– Pascale ? Je te croyais au lit depuis longtemps...

– Je peux te parler ?

– Attends, je dégage le divan.

Elle s'y assit sans volupté et resta un moment à méditer, les coudes sur les genoux, la tête entre les mains.

– J'ai une histoire avec Cancès, dit-elle enfin, levant sur Jean-Xavier deux pâles aigues-marines.

– Ça n'a pas l'air de te réjouir.

– Non, si, je ne sais pas... Tu le savais ?

– Oui.

– Et ça ne te fait pas souffrir ?

– Si, beaucoup.

Ils se turent, sans se perdre des yeux.

– Je ne comprends pas comment j'ai pu, reprit-elle nerveusement. C'est tout ce qu'on déteste, ce type, tout ce qu'on méprise. Un ambitieux, un arriviste, le contraire de toi, mon chéri.

Elle essaya de sourire mais ça ne ressembla à rien.

– Ce qui compte, c'est le bien-être que tu éprouves en sa présence, dit-il, le reste...

– Tu sais, parfois j'ai honte d'acquiescer à tout ce qu'il raconte. Enfin, pas sur le moment, après. Sur le moment, je dis oui parce que j'ai envie qu'il y arrive, qu'il gagne. Il a un côté tellement enfantin... Pourquoi tu ne m'as rien dit, si tu savais ?

– Dire quoi ? Il ne te séquestre pas.

– Il couche avec moi.

– Tais-toi ! Même si je m'en doute, je n'ai pas envie de l'entendre.

– Moi, dans la situation inverse, j'aurais menacé la fille, fichu le feu, je me serais battue, je ne vous aurais pas laissé dix minutes de répit.

– ...

– Qu'est-ce que tu penses, Jean-Xavier ? Arrête de me regarder comme ça.

– Tu es en train de me dire que je devrais te gifler, m'agiter, partir dans la nuit massacrer cet homme, ton amant...

– J'aurais aimé te voir en colère, oui. Je crois que j'aurais aimé, pour une fois.

– Pourquoi cette nuit, pourquoi brusquement viens-tu... Tu as autre chose à m'annoncer, Pascale.

– ...

– Tu vas partir, tu vas t'en aller, c'est ça ?

– Mais tu es fou ! Je t'aime. Je ne pourrais pas vivre trois jours avec Cancès.

– Tu as tort de le dévaloriser. Cancès a très tôt compris que la vie ne méritait pas qu'on la pense, qu'il fallait s'en tenir à la vivre, farouchement, teigneusement. Il m'a fallu vingt ans, et tout un livre, pour parvenir à la même conclusion.

– Arrête Jean-Xavier, je ne supporte pas de t'entendre t'autoflageller. L'autre jour, tu regrettais de n'avoir pas fait du cinéma, et maintenant... on jurerait que tu souhaites secrètement l'échec de ton livre.

– J'ai cru que j'étais de taille à prouver que la méditation l'emportait largement sur l'action. Que tous ces bâtisseurs furieux, mon grand-père, Cancès, passaient à côté de l'essentiel. Je ne suis pas entré dans la mêlée, je suis resté en marge, médiocre rond-de-cuir au Quai d'Orsay, je m'en foutais, et j'ai entrepris l'œuvre de ma vie. Vingt ans de masturbation dans les ténèbres... Je ne suis arrivé nulle part, je me suis perdu, Pascale. C'est moi qui suis passé à côté de l'essentiel, et en me quittant pour Cancès tu me le signifies...

– Je ne te quitte pas ! Pourquoi...

– Attends, ne crie pas, laisse-moi finir. Magnifiquement, tu me le signifies magnifiquement. La vie est fruste, guerrière et ludique, et celui qui ne l'accepte pas comme telle, qui croit deviner sous cette foire d'empoigne ne serait-ce qu'un souffle de poésie, est condamné à ne pas en croquer, à dépérir. Il n'y a rien à chercher, rien d'autre que cette foire d'empoigne. J'ai gâché les plus belles années de ma vie. Ma Pascale, regarde-moi, tu vas vers Cancès parce que tu t'éteignais auprès de moi. Tu veux vivre, tu n'as aucune envie de t'éteindre.

– On dirait que tu t'interdis le plaisir, Jean-Xavier. On ne baise plus, on ne sort plus...

– ...

– Mais réponds quelque chose au lieu de me fixer avec ces yeux d'amnésique ! La dernière fois tu ne bandais plus, presque plus, tu n'as même pas réussi à me pénétrer... Tu n'as plus envie de moi ?

– Pascale ! Comment te faire comprendre que je n'arrive plus à y croire ? J'ai envie de toi, si, bien sûr, mais au moment d'agir j'ai le sentiment d'usurper le rôle, d'être brusquement tiré du néant, de mon impuissance, pour me livrer à un exercice physique vaguement ridicule. Comme si, pour un quart d'heure, je ressuscitais...

– Arrête de te faire passer pour mort, merde ! Tu n'es pas mort, Jean-Xavier, ton cœur bat, tu respires et tu réfléchis, j'aime ton regard, aucun autre homme n'a ce regard-là, j'aime ta bouche, sa douceur, j'aime ta queue aussi. Autrefois, elle me remplissait, et tu ne trouvais pas l'exercice vaguement ridicule. Ah ! voilà, tu te rétractes, comment est-ce que j'ose parler de queue, de bite, n'est-ce pas ? Mais tu en as une entre les jambes, mon chéri, comme tous les mecs, tu n'es pas seulement un esprit fin et lettré. D'ailleurs, on va voir, on va bien voir...

Elle vint s'agenouiller.

– Je vais te tailler une pipe, te sucer comme une pute, on va bien voir si tu n'es qu'un esprit.

– Arrête Pascale ! Arrête ! S'il te plaît.

– Non. Cancès dit que je suce merveilleusement, si tu ne me laisses pas faire je te raconte.

– Je m'en vais, laisse-moi passer.

Il s'était levé, mais elle aussi, contre lui maintenant, debout, presque à le toucher.

– Non, reste. Excuse-moi, Jean-Xavier. Excuse-moi.

– Ça va, n'en parlons plus. Rasseyons-nous, dit-il en lui caressant la joue du revers des doigts.

Elle reprit sa place sur le divan, du bout des fesses, le buste projeté en avant, comme au début. Elle le guettait. Il avait croisé les jambes, avait un peu pâli, respirait péniblement, il était donc ému mais tâchait de n'en rien montrer. Elle songea qu'un autre l'aurait injuriée, bousculée, battue peut-être, mais lui non, lui s'était rassis docilement.

La colère la prit, soudain.

– Je te dis des trucs dégueulasses, et tu tends l'autre joue. N'importe quel type à qui sa femme raconterait qu'elle en suce un autre perdrait la tête. Toi, tu me caresses au lieu de me gifler.

– Jamais je ne te giflerai, Pascale.

– C'est ça, oui, jamais tu ne me gifleras, jamais tu ne me diras un mot plus haut que l'autre, encore moins une grossièreté. Lorsque tu te sens agressé, tu te drapes aussitôt dans ta dignité. Elle a bon dos ta dignité. Écoute-moi, Jean-Xavier : ce que tu vends pour de l'élégance, c'est une forme de lâcheté. Tu as peur de te battre, peur de prendre des coups, alors tu te réfugies dans le silence. Je le trouve consternant ton silence, dégradant, humiliant. Si tu étais fort, si tu tenais à moi, tu aurais déjà dû tout casser dans cette pièce...

– Je tiens à toi.

– Dis-le plus bas, j'ai failli l'entendre... Toute notre vie fonctionne sur ce registre. Tu ne dis pas : J'écris, j'ai besoin d'écrire, j'écrirai cinquante ans s'il le faut et je vous emmerde ! Non, nuit après nuit, été après été, tu grignotes le temps en douce, sans jamais affirmer haut et fort ce que tu poursuis, ainsi tu nous entraînes malgré nous dans ce lent naufrage... Quand je t'ai connu, je vivais depuis quelques mois avec un excité qui voulait être l'assistant de Truffaut, il m'épuisait, je pensais qu'il ne s'endormirait pas tant qu'il ne serait pas l'assistant de Truffaut. On passait nos soirées, nos nuits, à monter des coups, à téléphoner, quand on ne traquait pas l'idole, Et, un soir, tu m'es apparu, détaché des contingences du monde, aérien, tellement romantique. Les autres, en comparaison, faisaient figure d'obscurs tâcherons. Toi, tu ne te battais pas, tu semblais en effet au-dessus de la mêlée. Ta culture et ta modestie te sauvaient du dandysme, j'ai cru que tu avais plusieurs longueurs d'avance sur ta génération.

– J'aurais tout donné pour avoir la candeur, je le dis sans mépris, de ton excité. Je serais devenu cinéaste, ou autre chose, mais quelque chose. Tu as cru que j'avais plusieurs longueurs d'avance sur notre génération alors qu'en réalité le naufrage était annoncé, déjà, mais ni toi ni moi ne pouvions le deviner.

– Attends, je n'aurais pas dû employer ce mot de naufrage, je ne le pense pas, c'est toi qui m'as mise en colère tout à l'heure en m'annonçant doctement que tu avais gâché les plus belles années de ta vie, en parlant de masturbation... Je te signale qu'il s'agit aussi de ma vie, de celle des enfants...

– Il m'arrive de penser que si nous étions nés dans un de ces pays où il faut se battre sans cesse pour les besoins les plus élémentaires, nous n'en serions pas là. Chaque jour se poserait la question de notre survie, de la survie des enfants surtout, et nous réaliserions l'un et l'autre des prouesses pour les nourrir, les protéger du froid, des maladies, les éduquer, leur apprendre à se battre à leur tour. Ça serait une guerre quotidienne évidente, que nous mènerions ensemble, toi et moi, nous serions solidaires, et l'estime que nous nous porterions ne ferait que croître au fil des difficultés. Elle nous lierait sans l'ombre d'un doute, elle donnerait un sens à notre amour.

– Tu n'as plus d'estime pour moi ?

– Je ne sais pas, pour le moment la souffrance occulte tout le reste, et je ne peux m'en prendre qu'à moi. Il ne se serait probablement rien passé avec Cancès si je n'avais pas démissionné de tout sauf de ce manuscrit. C'est si facile de vivre ici en somnolant à moitié : l'argent continue de tomber, les épiceries sont obèses, les trains roulent, les avions volent, et des gens intelligents et dévoués ne demandent qu'à s'occuper de nos enfants...

– Et de ta femme.

– Pascale !

– Excuse-moi, ça m'a échappé... Je suis fatiguée, Jean-Xavier, triste et fatiguée. Jamais je n'avais osé te déranger le soir, jamais, pourtant souvent j'en ai eu envie, j'étais si respectueuse de ton travail, de ce livre... Je le suis toujours, et je t'en veux de l'anéantir en trois phrases avec cette espèce de jubilation cynique. Tu n'es pas cynique, si tu l'étais je ne t'aimerais pas. Je t'en veux, j'en prends peu à peu conscience. La rancœur s'infiltre, enfle, et je suis plus malheureuse encore parce que tout ce qui touche à la rancœur, au ressentiment, me fait horreur. Mais anéantir ce livre, c'est comme si tu t'anéantissais toi, tu comprends ? Tu n'as pas le droit, c'est impardonnable. C'est impardonnable, Jean-Xavier... Bon, mais je ne t'ai pas dérangé pour te dire ça. Non, je crois que j'espérais... J'espérais... oh ! et puis merde, je vais me coucher.

16

La maison qu'avait louée Rémi était une des plus anciennes de Soulac, station balnéaire du haut Médoc. Un siècle plus tôt elle avait joui de la vue sur l'océan, puis on avait construit alentour d'autres villas, plus modestes pour la plupart, ouvert des rues à travers les dunes, planté des pins, et la Tchadienne n'avait plus eu de vue. Propriété d'un officier de la coloniale, elle avait été vendue à maintes reprises jusqu'à ce que la commune des Lilas la rachète pour ses enfants. Des travaux allaient être entrepris, mais en attendant elle avait été mise en location.

Estelle et Rémi y arrivèrent au tout début du mois d'août. Ils furent immédiatement sensibles à la mélancolie qui en émanait et passèrent les premiers instants, sans bien se rendre compte de ce qu'ils faisaient, à tenter de démêler les empreintes qu'y avaient laissées les différents occupants. C'était un peu comme de se pencher sur les balbutiements d'une très vieille dame qui aurait traversé le siècle, il y fallait de la curiosité, une certaine excitation aussi mâtinée d'émotion. Du fondateur, demeurait l'économie générale de la maison, un toit à quatre pans largement débordant et couvrant un corps massif de briques percé sur trois niveaux de fenêtres aux linteaux ouvragés de faïence. Au premier, un balcon signalait la chambre nuptiale. De la véranda, qui devait autrefois courir tout au long du rez-de-chaussée, comme on le voit sous les tropiques, n'avait survécu qu'un fragment aux piliers vermoulus en prolongement des pièces de réception. Ces dernières présentaient tous les stigmates d'une grandeur violentée. On devinait aux forts anneaux entortillés de fils électriques que des lustres avaient un temps illuminé salons et salle à manger. On pouvait imaginer qu'entre une cheminée grossièrement reconstituée en briquettes et la double porte-fenêtre donnant sur l'arrière, un piano à queue avait longtemps séjourné, le plancher en portait les marques. Une lourde table à la peinture grise patinée, probablement récupérée à l'office, et quelques fauteuils fatigués meublaient sans conviction ces espaces déchus, pillés. À l'étage, la chambre nuptiale et la salle de bains attenante avaient été restaurées dans les années 70. Dans la première, on avait tendu les murs d'un lin bleu aujourd'hui fané, et posé sur le parquet une moquette chocolat. Dans la seconde, un carrelage également bleu, frappé d'ancres marines, habillait pompeusement faïence et robinetterie dorée. Sur une partie du couloir, une langue de moquette chocolat attestait qu'on avait eu le projet d'étendre progressivement les travaux mais que la vie en avait décidé autrement. Par bonheur, se dit Rémi, par bonheur. Puis il songea que Marianne, qu'ils attendaient pour le lendemain avec Olivier, était parfaitement capable d'apprécier la chambre nuptiale, la robinetterie en faux or, et dans cette hypothèse jugea préférable de garder pour lui ses commentaires. Plus tard, ils découvrirent au troisième, sous un plafond bas, une pièce que personne, semblait-il, ne s'était avisé de visiter. Un lit matrimonial aux montants métalliques oxydés reposait au fond, sous un crucifix. Il était flanqué d'une armoire d'un gris pâle identique à celui de la table du bas et, en vis-à-vis, bénéficiant de la faible clarté du jour, car la fenêtre ici était étroite, d'un meuble de toilette en pitchpin dont on avait pris soin de retourner le broc de porcelaine dans la cuvette, comme en prévision d'une longue absence. Un couple de domestiques avait dû vivre là et Estelle proposa qu'ils s'y installent. Tout lui plaisait dans cette chambre, jusqu'au plancher grossier blanchi par l'eau de Javel.

Marianne et Olivier débarquèrent comme prévu le lendemain pour le déjeuner. Rémi, qui fumait à l'ombre de la véranda, avait bondi en entendant la voiture. Estelle le vit ouvrir à la volée la porte de la jeune femme, lui arracher la main du volant pour l'extraire plus vite de l'habitacle, l'embrasser, la chahuter, la retourner, et comme elle portait un pantalon clair et moulant :

– Ravissant ! Ravissant ! Mais dis-moi, Marianne, est-ce que tu t'es mise au string, parce que je lisais dans *Elle*...

Elle rougit, et apercevant Estelle :

– Tu ne veux pas lui dire de me fiche la paix ?

Puis sans attendre sa réponse, elle se dégagea pour se préoccuper d'Olivier.

Il apparut rasé de frais, aminci, les cheveux coupés, et rendit son sourire à Estelle qui n'avait pas bougé de sous la véranda. Elle l'observa progresser lentement au bras de Marianne, Rémi pendant ce temps sortait les bagages. Quand ils furent tout près, Estelle se leva pour les accueillir.

Ils avaient quitté Paris de très bon matin afin d'échapper aux embouteillages, étaient sortis de l'autoroute à hauteur de Chartres pour prendre leur petit déjeuner dans un endroit plaisant et, du coup, Olivier avait bien mangé, deux croissants et une tartine de confiture trempée dans un grand bol de café au lait. Marianne racontait tout cela par le menu, habituée à ce qu'on l'écoute, lâchant par instants sa fourchette pour chercher la main d'Olivier. Lui n'abondait en aucune façon, on aurait même pu croire qu'il n'entendait pas, mais il respirait le repos, la sérénité.

Ni Estelle ni Rémi ne savaient comment les choses s'étaient finalement engagées entre ces deux-là après le fiasco de leur première rencontre aux Lilas. Un soir de la fin juin, la veille des vacances scolaires, Olivier leur avait annoncé qu'il partait vivre chez Marianne. Estelle en avait déduit qu'ils avaient dû se rencontrer clandestinement à plusieurs reprises pendant qu'elle filait lire les journaux dans son café de Saint-Sulpice. Rémi, qui aurait dû exulter, avait été d'assez méchante humeur durant quelques jours, blessé, croyait-il, d'avoir été tenu à l'écart d'une histoire qu'il avait initiée. Quand il put s'avouer qu'en réalité, sous ses airs prudes, Marianne l'attirait depuis longtemps, et qu'en somme il était bêtement jaloux d'Olivier, il cessa de bouder pour adhérer, naturellement.

Ils décidèrent d'aller prendre le café en bord de mer. Il y avait environ huit cents mètres à parcourir et Marianne estima qu'Olivier pouvait les faire à pied. Olivier acquiesça. Depuis quand avait-il renoncé au fauteuil roulant ? Rémi fut tout près de le lui demander, mais il s'en abstint. Manifestement, sa rééducation relevait désormais d'un commerce intime qui ne concernait plus ses amis. En chemin, d'ailleurs, Marianne se tut, imposant l'impression qu'elle effectuait, en solidarité avec son amant, un acte grave ne supportant en aucune manière la distraction. Ils avançaient tous les quatre de front, à très faible allure, par les rues baignées de soleil. Parfois des rires d'enfants, des cris leur parvenaient des jardins qu'ils longeaient ou des villas ouvertes à la tiédeur d'août, parfois ils n'entendaient plus que le halètement d'Olivier.

Parvenu à la terrasse du Petit Matelot, le médecin convalescent choisit une chaise longue et s'assoupit avant qu'on apporte les cafés. Alors Marianne fit une chose étonnante : elle entreprit d'expliquer à Estelle et Rémi ce qu'était une rupture d'anévrisme, exactement comme s'ils venaient de faire la connaissance d'Olivier, avant de leur confier combien la motivation personnelle et l'affection d'un conjoint comptaient dans le rétablissement du malade. Elle tenait cela, leur dit-elle, des spécialistes qu'elle avait consultés.

Rémi ne comprit pas ce qui le retint de se foutre d'elle, mais de fait il l'écouta sans broncher. À la fin seulement, et après avoir pris un second café, il lança vers Estelle :

– On fait quelques pas, ma chérie ?

Marianne les vit s'éloigner sans déplaisir. Veiller sur le sommeil d'Olivier la remplissait d'une émotion charnelle qui, selon les circonstances, fluctuait d'une simple envie de le materner à des sentiments plus obscurs, plus sensuels. Elle retrouvait là les moments de grâce qu'elle avait connus auprès de son premier mari, durant les longs mois qu'avait duré son traitement, avant que les médecins ne le déclarent perdu. Ç'avait été la plus belle période de sa vie de femme. Elle avait vécu près de six ans avec cet homme avant qu'il ne tombe malade, et jamais elle ne s'était faite à l'impétuosité de son désir. Tous les mâles étaient-ils comme lui ? Elle s'était discrètement renseignée et avait cru comprendre que oui, malheureusement. Bien plus que l'érection qui lui inspirait des sensations confuses où se mêlaient attirance et dégoût, le sperme la révulsait. Le plaisir assouvi, elle courait se laver. Lui en était mortifié mais il en avait pris son parti, comme il s'était résigné à ce qu'elle frissonne et s'écarte vivement quand par mégarde elle effleurait la chair moite de son appareil génital après l'amour. Petit à petit, elle lui avait inoculé la honte de son propre sexe, mais ni lui ni elle n'avait établi de lien entre ce rejet et le cancer qui s'était finalement abattu sur ses testicules. Encore capable d'érections mais ne produisant plus guère de sperme, le mari de Marianne, épuisé et pâle, avait alors pris à ses yeux l'allure du compagnon idéal. Elle avait aimé le veiller, comme elle veillait à présent Olivier, et décider seule, quand le désir la surprenait, de l'opportunité d'un accouplement.

Ils remontèrent tous les quatre ensemble en milieu d'après-midi. Marianne voulut défaire ses valises. Elle visita plusieurs chambres et choisit la bleue parce que la bonde du bidet lui parut être la seule de la maison en état de fonctionnement.

Pendant qu'elle s'affairait à l'étage, Olivier s'était installé dans un transat, sous la véranda. Estelle nota que Rémi lui tournait nerveusement autour et pour les laisser seuls elle partit s'allonger dans l'herbe avec un livre.

– Alors, Marianne ? dit bêtement Rémi en se frottant les mains.

– Marianne se préoccupe beaucoup de moi.

– Tu es amoureux ?

– Assez, oui.

Olivier lui sourit. Rémi songea qu'il n'avait pas envie de parler et cela accrut légèrement son agacement.

– En tout cas, elle a plutôt l'air de te faire du bien, reprit-il.

– Pourquoi tu dis ça ?

– Je ne sais pas, on te sent détendu.

– Ah ! oui... Oui...

– À quoi tu penses ?

– Je préfère ne plus trop penser, si tu veux savoir. Si j'avais moins pensé, je serais peut-être encore à Senlis avec Claire...

– Et Julien, ajouta Rémi.

Olivier acquiesça. Julien devait les rejoindre, on ne savait trop quand.

– Tu l'aimes toujours, Claire ?

– Oui.

– T'en veux une ?

– Non, je ne fume plus, l'odeur du tabac dégoûte Marianne... Le plus con, c'est que je ne sais pas pourquoi je l'ai quittée.

– Tu t'emmerdais, ça se voyait.

– Vraiment ?

– Ç'a été Stéphanie, mais ç'aurait pu être n'importe qui.

– Je n'ai aucun souvenir d'ennui avec Claire... Et j'adorais faire l'amour avec elle.

– C'est la première fois que je t'entends le dire.

– Donne-moi juste une bouffée.

– Et avec Marianne ?

– Ça va... Tu t'ennuies avec Estelle, toi ?

– J'imagine que je pourrais m'ennuyer, oui, mais nous c'est particulier, on attend cet enfant, il y a cet espace à combler qui nous absorbe sans arrêt... On part au Brésil à l'automne.

– Estelle est magnifique.

– Tu t'en aperçois seulement maintenant ? s'exclama Rémi, ricanant à moitié tout en la cherchant des yeux.

– Oui, je l'ai découverte chez vous, au printemps. C'est drôle, pendant des années je me suis demandé ce que tu foutais avec elle, et là...

– Et là quoi ?

– Là tu me fais chier, Rémi, lâche-moi maintenant.

Olivier refusa de l'accompagner jusqu'à la pointe de Grave en voiture, Estelle également, et Rémi y alla seul. Il flâna autour du débarcadère, acheta des moules et du vin blanc et, au retour, s'arrêta au Verdon pour prendre les journaux. Tous avaient été vendus, à part *Sud-Ouest*. Il trouva soudain invraisemblable de passer un mois loin de Paris, dans ce cul-de-sac du haut Médoc où rien n'arriverait jamais d'extraordinaire, d'inattendu. C'était pourtant lui qui l'avait voulu. Oui, mais entre-temps le contexte avait changé. Il s'agissait au départ de distraire Olivier, d'arracher Pascale et

Jean-Xavier à ce Douarnenez qui leur pourrissait la vie... Pour le distraire, Olivier avait désormais Marianne. Si bien que je fais chier monsieur, songea Rémi avec une pointe d'aigreur. Il restait à espérer que Pascale et Jean-Xavier... Pascale serait de taille à bousculer Marianne. Rémi ne l'était pas, lui. Il avait cru pouvoir l'ébranler, en l'asticotant comme il asticotait Claire, autrefois, mais Marianne avait une étonnante capacité de résistance. L'idée d'appeler Jean-Xavier le traversa. Tiens, se dit-il, on va bien voir, on va bien voir...

– Comment ça va, le père de l'Europe ? Tu sais qu'on vous attend...

– D'où m'appelles-tu ?

– Soulac-sur-Mer, mon chéri. Marianne et Olivier sont là. Vous arrivez quand ?

– Finalement, je ne vais venir qu'avec Gwenaelle, Théo rejoint des amis en Italie.

– Et Pascale ?

– Elle ne nous accompagne pas.

– Vous en êtes où tous les deux ?

– Au même point qu'au printemps.

– Elle voit toujours son député ?

– Je suppose.

– Et tu ne la mets pas dehors ?

– Pascale est ma femme, Rémi.

– Je sais, merci. Raison de plus pour ne pas supporter ses aventures extraconjugales.

– Écoute, je crois que ça ne regarde que moi.

– Donc elle ne vient pas... Et ton livre ?

– Je n'y ai plus touché. Je dois raccrocher, on vient me chercher pour une réunion.

En somme, rien n'avait changé. Pascale continuait de se faire sauter par ce type et Jean-Xavier de se laisser anéantir sans protester. Rémi se sentit moins abattu en regagnant la maison, plus confiant en l'avenir immédiat. La venue de Jean-Xavier le réjouissait. Il allait le convaincre de boucler ce livre, ou de demander le divorce, au choix, mais l'un des deux au moins. Jean-Xavier n'avait pas le droit de tout lâcher, de tout perdre. Jean-Xavier, merde ! hurla-t-il en frappant son volant. Et pour ce qui était du livre il pourrait compter sur Gwenaelle, personne n'osait parler à Jean-Xavier comme Gwenaelle... Il adorait cette enfant, on allait bien rigoler, tiens, entre elle et Marianne.

Il prépara son plat de moules en arrivant. Estelle était partie marcher. Olivier et Marianne lisaient sous la véranda.

– Il faudrait dégoter un truc pour se passer un peu de musique, dit-il en leur apportant l'apéritif. Tu n'es pas de mon avis, Marianne ?

– Pas vraiment, non. On est toute l'année soumis au bruit, là j'apprécie le silence.

– Là j'apprécie le silence, mon Dieu, mon Dieu... reprit-il sur le même ton. Non mais tu sais Marianne que si on ne te connaissait pas on pourrait te prendre pour une vieille fille par moments.

– Par moments seulement, rassure-toi, à d'autres je fais des folies mais tu n'es plus là pour me tenir la chandelle.

– Ah bon, bon, eh bien je préfère parce que...

Vaguement penaud, Rémi laissa tomber.

Ils attendirent Estelle pour passer à table. Elle rentra essoufflée, les tempes moites, les narines frémissantes.

On devinait ses seins sous un marcel distendu. Elle raconta qu'elle s'était perdue. Elle avait marché longtemps dans le mauvais sens, ne comprenant pas pourquoi les premières villas n'apparaissaient pas, et elle s'était retrouvée à la pointe de Grave. De là, elle était revenue par la plage, en petites foulées. Rémi l'écouta, puis il ne l'entendit plus, abasourdi de désir. Si les deux autres n'avaient pas été là il aurait déshabillé sa femme pendant qu'elle parlait encore. Il l'entraîna vers la cuisine et s'en tint à lui mordiller les lèvres tout en lui caressant les fesses.

Pendant le dîner, Marianne évoqua les dangers du soleil. On prétend que seules les peaux très blanches, un peu comme la tienne, Estelle, doivent être protégées, mais c'est faux, archifaux, pour toutes le soleil est cancérigène. Facteur de vieillissement prématuré, ET cancérigène. Absolument ! Concernant les crèmes protectrices, elle avait apporté le numéro que leur avait consacré *Que choisir ?* et c'était encore une fois une des moins chères qui arrivait en tête, une crème que commercialisaient les grandes surfaces, comme quoi hein ?...

Estelle l'observait, le front buté. Certaines personnes, pensait-elle, sont dramatiquement prévisibles, on pourrait poursuivre à l'infini leurs péroraisons sur ces choses insipides qui meublent notre existence, ces choses dont on va parler pendant des décennies bien qu'il n'y ait rien de nouveau à en dire, accompagnant invariablement les mêmes expressions des mêmes mimiques. Il en allait ainsi de la comparaison des systèmes scolaires français et allemand, des avantages de Paris sur la province et vice versa, des preneurs d'otages de la RATP en période de grève, du poids des taxes dans le prix de l'essence, de la proximité de Marseille grâce au TGV, des attentats en Corse, etc.

Elle se prétendit fatiguée et monta se coucher aussitôt après la vaisselle. Un instant plus tard, Rémi s'abattait sur elle en soupirant d'aise.

Jean-Xavier et Gwenaelle débarquèrent trois jours plus tard en fin de journée. La maison plut immédiatement à Gwenaelle qu'on entendit courir à travers les étages. Jean-Xavier, lui, souriait aimablement mais paraissait ailleurs. Rémi lui servit un verre de vin auquel il ne toucha pas. Marianne s'enquit de leur voyage. Ils avaient pris le bac à Royan pour éviter Bordeaux.

– Ah oui ! Et aucun problème de mal de mer ?

– Non, non, c'était au contraire plutôt vivifiant...

– Vous êtes plus audacieux que nous, minauda-t-elle.

– Eh, vous n'allez pas commencer à vous vouvoyer, tous les deux, intervint Rémi.

Sa sortie détourna un instant Olivier de sa rêverie. Il considérait Jean-Xavier depuis son transat et songeait au long chemin qui lui restait à parcourir pour survivre au deuil de Pascale. Lui s'estimait enfin de l'autre côté du gué, grâce à Marianne. Il avait eu peur de s'y noyer et se complaisait maintenant dans cet état de docilité frileuse propre aux repentis. La vie s'était révélée plus redoutable encore que ce qu'il en avait entrevu, vingt ans plus tôt, au moment du suicide d'Hélène. Il ne la provoquerait plus, il se tiendrait à carreau.

Gwenaelle resurgit. Elle avait découvert deux pièces communicantes, deux chambres d'enfant à en juger par le papier peint.

– Viens voir, je ne suis pas sûre que tu vas aimer, dit-elle à Jean-Xavier.

– Si tu aimes, toi, ça ira très bien, rétorqua-t-il.

– Non, viens voir.

Rémi l'empoigna par le bras et ils y allèrent tous les trois.

– Toi, papa, commença-t-elle, j'ai pensé que tu pourrais prendre celle-ci...

Jean-Xavier parut un instant décontenancé.

– J'aurais préféré... un grand lit, ânonna-t-il.

– Mais qu'est-ce que ça peut faire puisque maman vient pas !

– Oui, c'est vrai...

Ils le virent s'éloigner vers la fenêtre, l'ouvrir, se pencher longuement. Quand il se retourna il avait recouvré un léger sourire.

– Tu as raison, je vais m'installer là.

Après le dîner, il refusa de sortir boire un verre avec Rémi et monta se coucher en même temps que Gwenaelle.

Ils n'attendaient plus que Julien. Alors les jours s'enchaînèrent sans qu'ils y prennent garde. Chaque matin, Rémi frappait à la porte de Jean-Xavier et ils allaient courir sur le sable dur. Ils ne parlaient pas, le fracas de l'océan les en dispensait. Au retour, ils buvaient un premier café au Petit Matelot, puis rentraient avec un sac de croissants. Marianne et Gwenaelle étaient généralement levées. Contrairement à ce qu'avait cru Rémi, elles s'entendaient plutôt bien et passaient une partie de leur temps à façonner des objets en plâtre qu'elles décoraient ensuite. Ils préparaient ensemble un copieux petit déjeuner qu'Olivier puis Estelle ralliaient sur le tard. Douché et parfumé, Rémi filait au marché choisir ses légumes, ses poissons, ses herbes ; il était le seul, cet été-là, à avoir envie de cuisiner. Il rapportait aussi les journaux.

En milieu d'après-midi, certains allaient se baigner, d'autres restaient lire. Puis Estelle et Rémi partaient pédaler. Parfois Gwenaelle et Jean-Xavier les accompagnaient. Ils avaient loué des vélos pour tout le mois. Jean-Xavier n'écrivait plus, et jamais il n'évoquait l'existence de Pascale. Qu'attendait-il ? Qu'espérait-il ? Chaque soir, Rémi se promettait de l'entreprendre le lendemain.

À la mi-août, Jean-Xavier découvrit dans *Sud-Ouest* une photo d'Hubert Cancès. Le député était en maillot de bain, debout, les pieds dans l'eau. Pascale, immergée jusqu'aux genoux, le visage barré d'une mèche folle, semblait l'appeler. « L'enfant terrible du parti socialiste en vacances au Cap-Ferret avec sa nouvelle compagne », écrivait le quotidien. Le cœur de Jean-Xavier se mit à battre plus vite. Il replia *Sud-Ouest*, le glissa sous son aisselle et monta dans sa chambre. Là, il s'assit sur son lit d'enfant et rouvrit le journal. Alors il crut entendre son père dans la pièce à côté. Son père implorant sa mère, cette intonation si particulière ce jour-là : « Anne, tu ne peux pas me faire ça... Tu ne peux pas... Rends-toi compte si ça se savait, si les gens l'apprenaient... » C'était à New Delhi. Quelques heures plus tard, l'ambassadeur de France s'était abîmé en mer, au large de Bombay, aux commandes de son avion privé. On avait repêché son corps, puis celui d'Anne, jeune épouse d'un fonctionnaire de l'ambassade au nom illustre.

Il rangea *Sud-Ouest* et partit marcher. Au retour, il prétendit que le Quai d'Orsay le rappelait à Paris pour une réunion urgente. Il n'eut pas à en dire plus, Olivier et Marianne se trouvaient alors seuls à la maison. À dix-sept heures il prenait la route.

Il fut au Cap-Ferret une heure et demie plus tard. À la réception de l'hôtel on lui confirma la présence de M. et Mme Cancès. Probablement étaient-ils sortis dîner, voulait-il laisser sa carte ? Non, il téléphonerait.

– Qui dois-je annoncer ? entendit-il à la cinquième tentative.

Il était un peu plus de vingt-trois heures. Puis :

– Cancès à l'appareil.

– Ah ! bonsoir. Je suis le mari de Pascale, je vous attends au débarcadère.

– Vous m'attendez au débarcadère ? À cette heure ?

– J'ai quelque chose à vous dire, je ne vous retiendrai pas longtemps.

– Mais moi je n'ai rien à vous dire.

– Peu importe, vous m'écouterez. Venez.

Il y eut un assez long silence, puis on raccrocha à l'autre bout. Jean-Xavier en conclut que Cancès serait là d'un instant à l'autre.

Il se mit à faire les cent pas, les mains dans les poches. L'endroit n'était pas désagréable, en retrait du centre, et peu fréquenté à cette heure. Jean-Xavier allait clairement menacer cet homme, lui annoncer que s'il n'avait pas disparu de la vie de Pascale, disons le 30 août au plus tard, il l'abattrait. Son père avait fui.

Jean-Xavier l'avait compris l'après-midi même, sur son lit d'enfant. Pourquoi, sa vie durant, avait-il occulté cette scène, la seule qui importait en vérité ? Son père avait fui. Il avait pleurniché, songé au scandale, il n'avait rien tenté contre l'ambassadeur.

À une heure du matin, constatant que Cancès ne viendrait plus, il estima qu'en quatre heures il pouvait être à Paris.

Un jour d'été pailleté d'or se levait sur l'avenue d'Italie. Il la remonta lentement. On avait mis les feux tricolores à l'orange clignotant, Paris semblait flotter dans des vêtements trop grands. Il contourna la place, s'engagea dans les rues villageoises de la Butte-aux-Cailles et vint stationner en marche arrière devant les grilles du député. Lors de son dernier plein, il avait pris soin de faire remplir un jerricane. Il en répandit le contenu au seuil de la porte d'entrée, puis dans les arbustes, sous les volets clos du salon, et il y mit le feu.

Il fut de retour à Soulac-sur-Mer pour les derniers croissants. Rémi lui trouva l'œil un peu exalté. Il était affamé.

Paris, octobre 1999.

Imprimé en France par la Société Nouvelle Firmin-Didot
Dépôt légal : novembre 2000
N° d'édition : 34176 - N° d'impression : 53129